Impressum:

Ein Fremder kommt zu Gast

Autor: Marc Freund

Roegelsnap Buch & Hörbuchverlag

Roegelsnap Buch & Hörbuchverlag

www.verlag.roegelsnap.de

Bodenwiesenstraße 16

97852 Schollbrunn / Spessart

Tel.: +49 09394 - 8101

Fax.: +49 09394 - 8510

E-Mail.: service@roegeslnap.de

USt-IdNr.: DE 207311358

Gestaltung & Cover: & Bearbeitung:

Doug van Roegelsnap

Schollbrunn / Spessart den 01 Mai 2019

Roegelsnap Buch & Hörbuch Verlag ISBN 978-3-86422-546-8

Personen und Handlung dieses Buches sind frei erfunden. Ähnlichkeiten mit lebenden oder toten Personen sowie existierenden Unternehmen wären also rein zufällig.

Ein Fremder kommt zu Gast

- Kriminalstory -

Es war ein kalter Abend, an dem das kleine Fährschiff *Juliet* über den Hastings-Kanal in Richtung Stroker's Mill glitt. Der Bug tauchte regelmäßig in Nebelbänke, die wie ein überdimensionales Tuch auf dem Wasser lagen.

In weiter Ferne war ein Signalhorn zu hören, dessen Geräusch gedämpft zu den wenigen Passagieren der *Juliet* herüber drang.

Das Verlangen nach frischer Luft und Tabak ließ Lucas P. Fulton die schmale Treppe hinauf an Deck steigen. Er stützte sich auf die Reling und begann damit, seine Pfeife zu stopfen.

Hin und wieder schimmerten seltsam blasse Lichter vom noch fernen Ufer durch die Nebelbänke, wenn diese plötzlich vor der Fähre zerfaserten.

Fulton versuchte, ein Streichholz anzureißen, doch es zündete nicht. Grummelnd warf er die feucht gewordene Packung über Bord und blickte sich suchend um.

Er musste zweimal hinsehen, um die einsame Gestalt am Bug der Fähre auszumachen. Wie eine Galionsfigur stand sie dort, teilweise in Nebel gehüllt und reglos.

Fulton zog die Stirn in Falten, als er sich der Erscheinung näherte.

Sie war von Kopf bis Fuß in einen langen schwarzen Mantel gehüllt, der im Dämmerlicht der Schiffsbeleuchtung nass glänzte. Der Kopf war bedeckt von einem Filzhut mit breiter Krempe, die das Gesicht fast vollkommen verdeckte.

Als Fulton bis auf wenige Schritte herangekommen war, rührte sich die Gestalt und drehte den Kopf in seine Richtung. Eine Hakennase wurde erkennbar und, als sich der Mann vollends zu ihm umwandte, zwei graue Augen, die ihn aufmerksam musterten.

»Guten Abend«, sagte Fulton lächelnd und deutete auf die Pfeife in seiner Hand. »Haben Sie zufällig Feuer?«

Der blass wirkende Fremde antwortete nicht. Er blinzelte kurz, dann vergrub er seine rechte Faust in der Manteltasche. Als er die Hand wieder hervorzog, hielt er darin ein großes silbernes Feuerzeug. Mit einer kurzen Bewegung drehte er an dem Rädchen.

Fulton beugte sich vor und hielt die Pfeifenöffnung in die unruhige Flamme. Wenig später tat er an der Seite des Schwarzgekleideten seinen ersten Zug. »Scheußliches Wetter, nicht wahr?«

»Ja, scheußlich«, gab der Fremde zurück. Seine Stimme klang schnarrend, so dass Fulton der Vergleich mit Pergamentpapier in den Sinn kam.

Für einen Moment standen die beiden Männer schweigend nebeneinander und lauschten dem Geräusch des Dieselmotors, der beinahe friedlich vor sich hintuckerte.

Fulton nutzte die Gelegenheit, den Anderen aus den Augenwinkeln heraus zu mustern. Von dessen Hutkrempe tropfte flüssig gewordener Nebel auf die Bootsplanken. Im Schatten der auffälligen Kopfbedeckung lag ein Gesicht, das im Verborgenen bleiben wollte.

Fulton glaubte auch den Grund dafür zu kennen: Über die rechte Wange des Unheimlichen verlief eine auffällige Narbe, die sich bis zum Ohr erstreckte.

Der Fremde schien Fultons Gegenwart gar nicht wahrzunehmen. Er hielt seinen Blick starr auf das Ufer gerichtet, das inzwischen zum Greifen nahe schien.

Fulton nickte dem Mann zum Abschied zu und verließ ihn so, wie er ihn vorgefunden hatte: Stumm und bewegungslos.

Es sollte nicht die letzte Begegnung zwischen dem Schriftsteller und dem Schwarzgekleideten bleiben.

Fulton stand an der Anlegestelle und blickte zu einer einsamen Laterne hinüber, deren Licht sich mühte, den wabernden Nebel zu durchdringen. Der Schriftsteller stellte seinen Mantelkragen auf und steckte seine Hände in die Taschen. Frierend trat er auf der Stelle.

Lord Holmbury hatte ihm schriftlich bestätigt, dass ihn sein Diener mit dem Wagen erwarten würde. Doch niemand zeigte sich.

Fulton war allein.

Die Fähre hatte inzwischen wieder abgelegt und so verstummten nach und nach alle Geräusche um ihn herum. Selbst seine wortkarge Reisebekanntschaft, der schwarz gekleidete Fremde, war an ihm vorübergegangen und hatte den Weg am Kanalufer entlang eingeschlagen.

Fulton hatte ihm nachgesehen, bis er im Dunst verschwunden und seine Schritte verklungen waren. Dabei war ihm aufgefallen, dass der Fremde das rechte Bein nachzog und seine Schuhsohle über den Boden schleifte.

Weitere Minuten vergingen, in denen Fulton vergeblich auf Holmburys Wagen wartete. Irgendwann kam er zu dem Entschluss, dass heute Abend niemand mehr kommen würde, um ihn abzuholen. Offensichtlich hatte man ihn vergessen.

Fulton zuckte die Achseln, ergriff seinen kleinen Handkoffer und machte sich auf den Weg. Dabei wählte er ebenfalls den Weg am Kanal entlang, da er wusste, dass Holmburys Anwesen nicht weit entfernt von der Anlegestelle lag. Ihm wurde nach kurzer Zeit bewusst, dass er dem Fremden folgte. Er erkannte die Fußspuren des Anderen auf dem Sandweg. Der jeweils rechte Abdruck wurde von einer kurzen Schleifspur begleitet.

Das Signalhorn tönte wieder vom anderen Kanalufer. Der Nebel zog sich jetzt dichter zusammen, so dass Fulton kaum noch die Hand vor Augen sehen konnte. Für einen Moment kam ihm der Gedanke, dass er sich hier draußen verirren konnte, wenn er vom Weg abkam. Er schritt schneller aus und orientierte sich an dem Schein der Laternen, die im Abstand von etwa 100 Metern an der Uferbefestigung platziert waren. Spärliche Inseln des Lichts.

Auf seiner linken Seite befand sich die Böschung des Kanals, zur rechten verlief ein steiler Hang, auf dem irgendwann Holmburys Haus auftauchen musste.

Fulton kniff die Augen zusammen und hielt Ausschau. In der Ferne glaubte er tatsächlich ein Licht am oberen Rand des Hangs zu erkennen.

Gerade als er erleichtert aufatmen wollte, zerriss ein markerschütternder Schrei die Stille. Fulton fuhr zusammen und blieb ruckartig stehen.

Ein dumpfes Geräusch war zu hören, als ob ein Körper auf den aufgeweichten Sandweg gefallen wäre.

Fulton rannte los. Irgendwo vor ihm musste sich ein Mensch in höchster Not befinden. Die Annahme wurde noch deutlicher, als er kurze Zeit später ein platschendes Geräusch vernahm. Das war wiederum ganz in der Nähe gewesen.

Die plötzlich einkehrende Stille verhieß nichts Gutes.

In der Nähe einer Laterne war der Untergrund aufgewühlt.

Fulton blieb stehen und beugte sich herunter. Zweifellos handelte es sich hier noch immer um die Spur des Fremden, die sich hier mit einer anderen kreuzte.

Aus den Augenwinkeln heraus nahm Fulton eine schemenhafte Bewegung wahr. Ruckartig erhob er sich. »Halt! Wer ist da?« Hastige Schritte entfernten sich.

Fulton widerstand dem Impuls, dem Anderen nachzusetzen. Bei diesen Sichtverhältnissen hätte es keinen Sinn gehabt. Stattdessen ging er in die Hocke und untersuchte den Boden. Ein dunkler Fleck, der im Sand kaum wahrnehmbar war, erregte sein Interesse. Mit dem Zeigefinger berührte er den

Boden. Als er ihn wieder anhob, schimmerte er rötlich. »Blut«, flüsterte Fulton und und schuf sofort eine gedankliche Verbindung zu dem Todesschrei. Er wischte seinen Finger im Gras der Uferböschung ab, als sein Blick auf etwas fiel, das dort halb verborgen lag. Fulton griff danach und stutzte. Er hatte ein Feuerzeug gefunden. Vor nicht einmal einer Stunde hatte ihm der Fremde damit seine Pfeife angesteckt.

Fulton ließ es in seiner Tasche verschwinden und trat an die Böschung heran. Sie fiel etwa zwei Meter steil ab und mündete direkt in den Kanal. So sehr er seine Augen auch anstrengte, von dem Anderen war nichts mehr zu sehen. Eine dunkle Vorahnung machte sich in Fulton breit. Er fürchtete, dass die kommende Nacht noch weitere unangenehme Überraschungen für ihn bereit hielt.

***

Lord Holmburys Anwesen war ein granitfarbenes, bedrohlich wirkendes Gebäude, das sich hoch über dem Kanal erhob. Mit seinen hohen Mauern wirkte es wie eine Burg. Zu jeder Seite befand sich ein kleiner Turm, was diesen Eindruck noch verstärkte.

Hierhin zieht man sich zurück, wenn man Feinde hat, war Fultons erster Gedanke und für einen Augenblick zögerte er tatsächlich, den altmodischen Türklopfer am Haupteingang zu betätigen.

Es dauerte eine geraume Zeit, bis jemand auf sein Zeichen reagierte und die große mit Eisenbeschlägen versehene Holztür öffnete.

Fulton sah in das brutal wirkende Gesicht eines dunkelhaarigen Mannes, der den schlichten Anzug eines Hausangestellten trug und ihn mit einem kalten Blick musterte. Fulton stellte sich vor und überreichte dem Mann seine Karte. Der Andere betrachtete sie kurz abschätzend. Dann veränderte sich sein Gesichtsausdruck zu etwas, das Fulton am ehesten mit Häme umschrieben hätte.

»Oh, Sie sind der Schriftsteller, nicht wahr?« fragte der Diener, machte jedoch keine Anstalten, beiseite zu treten. »Lord Holmbury hatte mir aufgetragen, Sie an der Fähre abzuholen, leider sprang der Wagen nicht an. Aber wie ich sehe, haben Sie ja dennoch den Weg zu uns gefunden.«

»Das Haus seiner Lordschaft ist selbst bei diesem Wetter nicht zu übersehen«, gab Fulton diplomatisch zurück.

Der Diener grinste. »Klobiger alter Kasten, was?« Endlich machte er den Weg frei und ließ Fulton eintreten.

Krachend fiel die Tür hinter ihm ins Schloss. Ein Geräusch, das etwas Endgültiges hatte. Fulton blickte sich in der Halle um, die einen bedrückenden Eindruck auf ihn machte. Die Wände waren in einer Farbe gestrichen, die sich irgendwo zwischen einem dunklen Rot und matten Braun bewegte. An den Wänden hingen Gemälde, die wertvoll aussahen, deren Motive allerdings an Geschmacklosigkeit kaum zu überbieten waren. Brutale Jagdszenen wechselten sich mit düsteren Landschaftsmotiven ab.

Der Eingangsbereich war geradezu prädestiniert dafür, die sicher seltenen Besucher des Lords bereits an dieser Stelle abzuschrecken.

»Seine Lordschaft befindet sich in seinem Arbeitszimmer«, meldete sich der Diener wieder zu Wort. »Wenn Sie mir bitte folgen wollen?« Der Tonfall des Mannes, der keine Anstalten machte, Fulton seinen Koffer abzunehmen, schien keine andere Entscheidung zuzulassen.

Fulton folgte ihm eine breite, geschwungene Treppe hinauf in das obere Geschoss.

Der Diener blieb vor einer der zahlreichen Türen stehen, klopfte dezent an und wartete zwei Sekunden bevor er die Klinke herunterdrückte.

Als die Tür aufschwang, fiel Fultons Blick sofort auf den alten Mann im Rollstuhl, der mit gefalteten Händen vor dem Kamin saß. Über seine Beine hatte er eine Wolldecke gebreitet. »Mr. Fulton ist hier, Mylord«, sagte der Diener.

Ein Moment der Stille trat ein.

Dann drehte sich der Kopf des Lords in ihre Richtung. Fulton fühlte sich aus dunklen Augen, die unter buschigen Brauen verborgen lagen, gemustert.

»Ist Mr. Sparks inzwischen ebenfalls eingetroffen, Martin?« fragte Holmbury. »Noch nicht, Mylord.«

Der Hausherr zog nachdenklich die Brauen zusammen, dann gab er seinem Diener ein Zeichen, woraufhin sich der Mann zurückzog. Holmbury drehte seinen Rollstuhl ein Stück herum und kam auf Fulton zugefahren. In etwa einem Meter Abstand blieb er stehen.

»Ich habe Sie mir älter vorgestellt«, sagte der Lord, während er seinen Gast aufmerksam betrachtete.

Fulton lächelte mit einem Blick auf die gefüllten Bücherregale, die sich ringsum an den Wänden erstreckten.

»Auch die Jüngeren unter uns interessieren sich bisweilen für Literatur, Mylord.«

Ein wohlwollender Ausdruck machte sich auf dem Gesicht des Alten breit. »Sie wurden mir als großer Kenner klassischer Kriminalliteratur empfohlen, Mr. Fulton. Aus diesem Grund habe ich Sie hierhergebeten. Das Manuskript, dass Sie begutachten sollen ... Was ist mit Ihnen? Sie wirken abgelenkt.« Fulton machte eine entschuldigende Geste. »Es ist mir ein wenig unangenehm, Mylord, aber ich fürchte, ich bin draußen am Kanal, ganz in der Nähe Ihres Hauses mehr oder weniger Zeuge eines Mordes geworden.«

Die Züge Holmburys versteinerten sich. »Wie bitte? Ein Mord sagen Sie?« Auch Fulton wurde ernst und klärte Holmbury über seine jüngsten Erlebnisse auf.

Danach entstand eine Pause, in der lediglich das Prasseln des Feuers im Kamin zu hören war.

»Unzweifelhaft tragisch, Mr. Fulton, aber ich verstehe nicht ganz, was ich damit zu tun habe?«

»Nun, ich halte es für wahrscheinlich, dass der Mann ebenfalls auf dem Weg hierher war. Um ehrlich zu sein, Mylord, ich halte es für das Gescheiteste, unverzüglich die Polizei anzurufen.«

»Das wird schwerlich möglich sein«, entgegnete Holmbury trocken. Als er dem fragenden Blick Fultons begegnete, fügte er hinzu: »Es gibt in diesem Haus kein Telefon. Ich hasse diese teuflischen Apparate, die immer dann stören, wenn man es am Wenigsten gebrauchen kann.« Ruckartig bewegte Holmbury den Rollstuhl herum und fuhr zum Kamin herüber. Daneben hing eine lange Kordel, an der er mehrfach zog. Irgendwo im Innern des Hauses ertönte eine Glocke.

Beinahe im selben Moment wurde die Tür hinter Fulton aufgerissen und der Diener Martin Conway trat ein.

Fulton kam es so vor, als hätte der zwielichtige Mann die ganze Zeit über vor der Tür gestanden. »Sie haben geläutet, Mylord?« Holmbury hatte seinen Rollstuhl inzwischen gewendet. »Ich wünsche, dass Sie mit dem Wagen zur Polizeistation fahren. Es hat offenbar einen Toten gegeben. Unten am Kanal.« Dabei wanderte Holmburys Blick zu Fulton hinüber. Conway tat es ihm gleich, bevor er wieder auf seinen Herrn herunterblickte. »Mylord, der Wagen ist noch immer nicht einsatzbereit. Ich ...«

»Zum Donnerwetter, dann gehen Sie eben zu Fuß zu den Stocktons hinüber und rufen diesen merkwürdigen Inspektor Aitken von dort aus an!«

Conway verbeugte sich unterwürfig und wandte sich zum Gehen. Dabei bedachte er Fulton mit einem argwöhnischen Blick. An der Tür drehte sich der Diener noch einmal um. »Mr. Sparks ist inzwischen eingetroffen, Mylord. Soll ich ihn hereinführen?«

Holmbury gab Conway ein Handzeichen und wartete, bis der Mann den Raum verlassen hatte. »Eine überaus ärgerliche Unterbrechung«, stieß der Alte hervor und bemühte sich, grimmig dreinzublicken. »Eine Frechheit, sich auf meinem Grund und Boden umbringen zu lassen. Aber vermutlich muss man sich um so etwas kümmern, nicht wahr?«

Fulton ließ die Bemerkung des Lords unkommentiert.

Ein Geräusch an der Tür ließ beide Männer herumfahren.

Der Mann, der soeben hereingekommen war, hatte ein sonnengebräuntes Gesicht und mochte nach Fultons Schätzung etwa 45 Jahre alt sein. Das dunkelblonde Haar trug er kurz frisiert. Als er lächelte, präsentierte er zwei Reihen schneeweißer Zähne.

»Sie haben sich verspätet, Sparks«, bemerkte Holmbury mit missbilligendem Unterton. Der Lord wandte sich an Fulton: »Das ist Mr. Sparks, mein Verwalter. Und Gast des Hauses.«

Sparks setzte ein besonders breites Grinsen auf und drückte Fultons hingestreckte Hand kräftig. »Ich habe schon von Ihnen gehört, Mr. Fulton. Und natürlich auch schon einige Ihrer Romane gelesen.« Fulton bedankte sich höflich.

»Schön«, fuhr Holmbury dazwischen, »dann können wir ja nun endlich zur Sache kommen.« Er rollte zur gegenüberliegenden Wand hinüber, in die ein Tresor eingelassen war. Holmbury stellte die Kombination ein und öffnete in. Kurz darauf kehrte er zu den beiden Männern zurück. In seinem Schoß lag ein großer brauner Umschlag. Holmbury hatte behutsam seine Hand darauf gelegt und richtete seinen Blick auf Fulton.

»Dieses Manuskript wurde mir per Post zugesandt. Es stammt aus einem Antiquariat in London. Angeblich handelt es sich um ein bisher unbekanntes und demnach unveröffentlichtes Werk des großen Wilkie Collins. Mir ist viel daran gelegen, die Echtheit des Dokumentes von einem Fachmann bestätigt zu wissen. Und dabei würde mich insbesondere Ihr Urteil interessieren.« Holmbury überreichte Fulton den Umschlag, der ihn beinahe ehrfürchtig entgegennahm.

Die drei Männer begaben sich zum Schreibtisch des Lords und schalteten die helle Leselampe ein. Fulton schlug den

Deckel des Buches auf. Es hatte einen gewaltigen Umfang und war in dunkelbraunes Leder gebunden.

Fulton strich mit den Fingern vorsichtig über das raue, vergilbte Papier. Die schwarze Tinte darauf wirkte wie eingebrannt. Seine Blicke wanderten über die geschwungenen Linien. »Der Umhang«, las er mit einer Stimme vor, die nicht weit entfernt von einem Flüstern war. »Erste Fassung, London 1859.« Fulton hielt einen Moment inne und blickte zur Decke. »Demnach müsste dieses Werk ein Jahr vor Collins' bekanntestem Roman, *Die Frau in Weiß*, entstanden sein.«

Holmbury befeuchtete aufgeregt seine Lippen. »Wie ist Ihr erster Eindruck, Mr. Fulton, halten Sie es für echt?«

Der Schriftsteller schürzte die Lippen. »So eine Aussage erfordert eine genauere Analyse, Mylord, aber ich halte es durchaus für möglich, dass wir es hier mit einem Original-Manuskript zu tun haben. Es gibt verschiedene charakteristische Merkmale in Collins' Handschrift, die sich auch in diesem Werk wiederfinden. Alles andere muss eine genauere Studie ergeben.«

Holmbury legte eine Hand auf Fultons Arm. »Aber genau zu diesem Zweck habe ich Sie doch hierher gebeten. Morgen Mittag erwarte ich den Antiquitätenhändler, der mir das

Manuskript freundlicherweise vorab überlassen hat. Er will mit mir den Kaufpreis aushandeln. Bis dahin muss ich wissen, was das Manuskript tatsächlich wert ist.«

»Ich stehe Ihnen ganz zu Diensten, Mylord«, versicherte Fulton. »Mr. Sparks, da Martin momentan nicht verfügbar ist, werden Sie die Güte haben, Mr. Fulton sein Zimmer zu zeigen. Ich habe ihm das Turmzimmer im Westflügel herrichten lassen. Wir sehen Sie dann zum Abendessen wieder, Mr. Fulton.«

Damit bewegte Holmbury seinen Stuhl zum Kamin zurück.

Fulton klappte das Buch zu und steckte es in den Umschlag zurück. Zusammen mit Sparks verließ er den Salon.

Sie durchquerten das Obergeschoss, bis sie in einen langen Korridor gelangten, der sie in den anderen Flügel hinüberführte. »Bewohnt Lord Holmbury dieses Haus ganz allein?« fragte Fulton, nachdem er einige Zeit schweigend neben dem Anderen hergegangen war.

Der Verwalter räusperte sich. »Zurückgezogen scheint mir das passende Wort zu sein. Lord Holmbury bewohnt dieses Haus zusammen mit seiner Gattin Lady Agnes und der gemeinsamen Tochter Nadine. Beides übrigens sehr reizende Geschöpfe. Sie werden sie ja nachher beim Essen kennenlernen. Ansonsten hält sich noch Martin Conway hier auf, abgesehen von meiner Wenigkeit. Ich verbringe ebenfalls sehr viel Zeit hier.

Fulton überging die letzte Bemerkung. »Was ist dieser Conway für ein Mensch?«

Sparks ließ ein kurzes bellendes Lachen vernehmen. »Er ist ein furchteinflößender Bursche, nicht wahr? Aber lassen Sie sich nicht von seinem Äußeren täuschen, im Grunde ist er sehr zuverlässig. Er ist Butler, Hausmeister, Gärtner und Fahrer in einer Person. In der Küche helfen zwei Frauen aus dem Dorf aus, die aber nicht hier wohnen. Lord Helmbury spart, wo er nur kann. Deswegen werden Sie auch einige Teile des Hauses unbeheizt vorfinden. Aber keine Sorge, Ihr Zimmer hat einen eigenen Kamin.«

»Und Sie?« fragte Fulton weiter, »Arbeiten Sie schon lange für den Lord?« Sparks blieb stehen. Sie hatten das Ende des Ganges erreicht, von wo aus eine steile Treppe in den Turm hinaufführte. »Oh, ja«, antwortete er schließlich gedehnt. »Ich kenne seine Lordschaft jetzt schon seit über 20 Jahren und bin fast ebenso lange sein Guts- und Vermögensverwalter.«

Fulton nickte und folgte Sparks die steinerne Treppe hinauf.

»Da wären wir«, ließ der Verwalter verlauten und öffnete die schmale Tür. »Das Gästezimmer. Richten Sie sich in Ruhe ein. Gegessen wird um neun Uhr. Wenn ich Ihnen einen Rat geben darf, dann seien Sie lieber pünktlich. Lord Holmbury ist da sehr empfindlich.«

Fulton sah Sparks nach, wie dieser die Treppe hinunterlief. Seine Schritte entfernten sich rasch durch den Korridor.

Dann war es still.

Fulton schloss die Tür hinter sich und warf seinen Koffer auf das Bett. Der Raum war für ein Turmzimmer erstaunlich groß und bot neben einem Schrank und einer Kommode auch noch Platz für eine Waschgelegenheit. Im Kamin brannte ein Feuer. Fulton trat ans Fenster, um frische Luft einzulassen. Als er sich kurz hinausbeugte, bemerkte er im Vorgarten eine Gestalt, die in diesem Moment hinter einer Hecke verschwand. »Conway«, flüsterte Fulton zu sich selbst. In seinem Kopf begann sich etwas zu regen.

Der Diener konnte unmöglich schon wieder aus dem Ort zurück sein. Es sei denn, er hatte den Auftrag seines Herrn, die Polizei zu verständigen, gar nicht ausgeführt …

Die kühle Abendluft umfing Fulton, als er aus einem Nebenausgang ins Freie trat. Um das Anwesen führte ein

Trampelpfad, dem er zu der Stelle folgte, an der er Conway gesehen hatte.

Fulton suchte nach Spuren im Garten, gab jedoch die Hoffnung schnell auf, da es zu dunkel war. Lediglich am Eingangsportal des Hauses brannte eine trübe Lampe, deren Lichtschein bereits nach wenigen Metern von der Dunkelheit aufgesogen wurde. Fulton folgte dem Weg weiter und wurde zu den anliegenden Gebäuden geleitet, die offenbar in früheren Zeiten als Stallungen gedient hatten.

Er trat näher und bemerkte ein Holztor, das leicht im Wind hin und her schwang und dabei ein klapperndes Geräusch erzeugte. Fulton ging hinüber, zog es auf und schlüpfte hindurch. Er holte das Feuerzeug des Fremden aus der Manteltasche und machte Licht. Im Schein der Flamme erkannte er einen Wagen. Unverkennbar war er in einer provisorischen Garage gelandet. Fulton umrundete den silbergrauen Bentley mit dem Feuerzeug in der Hand. Er zog am Griff der Fahrertür und fand den Wagen unverschlossen vor. Und nicht nur das: Zu seiner Überraschung stellte er fest, dass sogar der Zündschlüssel steckte. Fulton ließ sich auf den Sitz fallen, betätigte die Kupplung und drehte den Schlüssel herum.

Der Motor sprang ohne das geringste Zögern an. Irgendwie überraschte Fulton diese Tatsache nicht. Rasch stellte er den Motor wieder ab. Für einen Moment blieb er nachdenklich sitzen. Dann stieg er aus, ließ die Tür leise zufallen und legte eine Hand auf die Motorhaube. Sie war kalt. »Was haben Sie hier zu suchen? Kommen Sie sofort da weg!« Fulton wurde von dem Schein einer starken Taschenlampe geblendet.

Die Stimme klang energisch und war unverkennbar weiblich. Lady Holmbury? Ihre Tochter Nadine?

Fulton schirmte seine Augen mit der Hand ab. »Ich bitte um Entschuldigung. Mein Name ist Fulton. Ich bin auf Einladung Lord Helmburys hier.« »Oh«, kam es zurück. Für mehrere Sekunden herrschte Schweigen.

Fulton fühlte sich unbehaglich. »Es tut mir leid, wenn ich hier eingedrungen bin«, versuchte er zu erklären, »aber ich habe eine Schwäche für diese Wagen.«

Der Schein der Taschenlampe wanderte zu Boden und kam langsam näher. Erst, als die junge Frau direkt vor ihm stand, folgerte er, dass er es hier mit Nadine Holmbury, der Tochter des Lords, zu tun hatte.

»Sie sind tatsächlich Lucas Fulton«, sagte sie, während sie aufmerksam sein Gesicht betrachtete. »Ich habe ein Foto von Ihnen in Vaters Arbeitszimmer gesehen.«

»Lucas P. Fulton«, stellte er richtig, wobei er das P in der Mitte besonders betonte.

»Meinetwegen auch das«, erwiderte sie. Ihr Blick wanderte zwischen Fulton und dem Wagen hin und her. »Sie interessieren sich für Bentleys? Was denken Sie, wie viel PS unter dieser Haube schlummern?« Die junge Frau umrundete Fulton schelmisch und klopfte demonstrativ auf die Motorhaube.

Fulton drehte sich lächelnd zu ihr um »150«, sagte er mit Überzeugung , von der er hoffte, dass sie seine Unsicherheit übertünchte. »Sehr gut«, sagte sie anerkennend und wechselte dann sofort das Thema. »Vater hat Sie wegen dieses verstaubten Buches hierher eingeladen, nicht wahr?«

»Der Collins-Roman, richtig«, antwortete Fulton. Noch immer fühlte er sich von ihr gemustert, beobachtet, während sie selbst stets im Schutz ihrer Lampe blieb. »Bleiben Sie für länger?« Er schüttelte den Kopf. »Höchstens ein bis zwei Tage.«

Nadine zog einen Schmollmund. »Schade. Ich hatte auf ein wenig Abwechslung gehofft. In Stroker's Mill und insbesondere in Vaters Haus ist es nämlich sterbenslangweilig, wissen Sie?« »Kommen Sie nicht oft von hier fort?« Die junge Frau lachte. »Machen Sie Witze? Von hier aus gibt es keine direkte Verbindung nach London. Genau genommen gibt es überhaupt keine, außer diesem idiotischen Kanal. Wir sind froh, wenn Vater uns dann und wann mal den Wagen überlässt.« »Wir?« hakte Fulton nach. »Mama und ich«, lautete die Antwort. »Ach, wir beide fahren außerdem noch zweimal im Jahr an die See. Nach Brighton. Das hätte ich beinahe vergessen. Aber da ist es genau so langweilig. Keine Männer in meinem Alter. Sind Sie verheiratet, Mr. Fulton?« Fulton amüsierte sich im Stillen über den sprunghaften Themenwechsel. »Ich bin Junggeselle«, gab er zurück. Nadine Holmbury zog die rechte Augenbraue hoch. »Ach? Sie sollten aufpassen, dass Sie nicht zu spät zum Essen erscheinen.« Von einem Moment auf den anderen war sie verschwunden. Sie hatte ihre Lampe ausgeschaltet und war durch das Tor ins Freie gelaufen, noch bevor Fulton antworten konnte. Verwirrt blieb er einen Moment stehen. Dann entschied er, dass es möglicherweise tatsächlich das

Beste sei, sich wieder in das Haus zu begeben. Leise öffnete er das Tor und schlich sich wie ein Dieb hinaus.

Er schaffte es gerade noch rechtzeitig, sich in seinem Zimmer umzuziehen, bevor er etwas außer Atem im großzügig eingerichteten Speisezimmer erschien, das sich ebenfalls im oberen Stockwerk befand.

Lord Holmbury saß am Kopfende einer mit blütenweißen Laken bedeckten Tafel, auf der von zwei jungen Bediensteten in diesem Augenblick das Essen aufgetragen wurde.

Zu seiner Linken saß seine Tochter, die den Gast mit einem unauffälligen Augenzwinkern bedachte. Erst jetzt kam Fulton dazu, ihre Schönheit zu bewundern.

Nadine Holmbury trug ein schlichtes rotes Kleid. Ihre blonden Locken fielen locker herab und bedeckten ihre ansonsten freien Schultern.

Zur Rechten des Lords saß Sparks, der dem Schriftsteller zunickte, als dieser sich neben ihn setzte.

Fulton blickte auf den freien Platz ihm gegenüber und gerade, als er sich fragte, wann sich Lady Agnes präsentieren würde, erschien sie in der Türöffnung.

Ihr Auftritt hatte etwas Glamouröses, etwas, das an einen Filmstar erinnerte. Ihre Schönheit stand der ihrer Tochter in nichts nach, auch wenn der Betrachter ahnte, dass sie über ihre Blütezeit bereits hinaus war.

Fulton versuchte, ihr wirkliches Alter einzuschätzen, was ihm jedoch nicht recht gelingen wollte. Er schuf der Ordnung halber einen Kompromiss mit sich selbst und stufte sie bei 45 Jahren und damit wesentlich jünger als Lord Holmbury ein.

Sie trug ein dunkelblaues Dinnerkleid und hatte einen dezenten weißen Schal um ihren Hals gelegt. Ihr dunkelblondes Haar trug sie hochgesteckt. Vereinzelte Locken hatten sich daraus gelöst und umspielten ihren Nacken. Fulton erhob sich, ging auf die Hausherrin zu und deutete einen Handkuss an. Agnes Holmbury schenkte ihm ein bezauberndes Lächeln. »Sie wollen zusammen mit meinem Gatten also das Rätsel um dieses alte Buch lüften, ja? Mir persönlich sind diese Mordgeschichten ja ein Greuel.«

»Das ist bedauerlich, Mylady«, sagte Fulton in galantem Tonfall. »Sie ahnen ja nicht, was Sie versäumen.«

»Verdammt richtig«, knurrte der alte Lord und warf seiner Frau einen missbillgenden Blick zu. »Außerdem könnte das Buch ein Vermögen wert sein. Ich denke, dass ich einen guten Kaufpreis heraus handeln kann.«

Neben Fulton räusperte sich Sparks. »Wir sollten tatsächlich versuchen, den Preis so weit wie möglich zu drücken. Vielleicht lassen Sie mich einfach morgen mit dem Mann sprechen, Mylord.« Holmbury gab ein Knurren von sich. »Alles zu seiner Zeit, Sparks.« Der Verwalter machte ein säuerliches Gesicht und rutschte unruhig auf seinem Stuhl hin und her. Fulton beobachtete aus dem Augenwinkel, dass Sparks sein Besteck niederlegte, obwohl er seinen Teller gerade erst aufgefüllt hatte. War ihm der Appetit vergangen?

Das brachte Fulton auf einen anderen Gedanken zurück. Er tupfte sich mit der Serviette den Mund ab und wandte den Kopf in Lord Holmburys Richtung. »Verzeihen Sie, Mylord, aber ist Conway schon wieder aus dem Ort zurück? Wissen Sie, ob er die Polizei verständigt hat?«

Der Lord machte ein säuerliches Gesicht. Offensichtlich war es ihm unangenehm, an diese Angelegenheit erinnert zu werden. »Nein. Ich habe keine Ahnung, wo der Kerl sich herumtreibt.« »Die Polizei?« fragte Lady Agnes. »Ja, aber warum sollte Martin denn die Polizei verständigen?«

»Bei meiner Ankunft hat es unten am Kanal bedauerlicherweise einen Zwischenfall gegeben«, erwiderte Fulton. »Verzeihen Sie bitte, wenn ich das hier so offen ausspreche aber ich befürchte, dass dort unten ein Mann im Nebel ermordet worden ist.« Lady Agnes legte das Besteck auf ihren Teller und sah Fulton erschrocken an. »Aber das ist ja entsetzlich. Melvin, du hast mir ja gar nichts davon erzählt. Oh Gott, wie furchtbar!« Lord Holmbury zog eine ärgerliche Grimasse. »Beruhige dich. Es wird sich alles aufklären. Spätestens morgen früh wird dieser Inspektor Aitken hier auftauchen und vermutlich einen Haufen überflüssiger Fragen stellen.« Von diesem Moment an lag eine beklemmende Stille über dem Geschehen. Das Gespräch drohte gänzlich zu versiegen, so dass Fulton es beinahe schon bedauerte, die Sache mit dem Fremden bei Tisch angesprochen zu haben. Aus diesem Grund verabschiedete er sich schon bald nach dem Essen und zog sich auf sein Zimmer zurück, um sich seinem Auftrag zu widmen. Doch Ruhe sollte er in dieser Nacht keine finden.

***

Im Kamin brannte seit einigen Minuten ein knisterndes Feuer und Fulton war in die Lektüre des Manuskripts vertieft, als er von einem Geräusch gestört wurde. Er hob den Kopf und blickte zur Zimmertür. Waren da eben Schritte auf dem Korridor gewesen?

Er lauschte in die Stille des Hauses. Jemand kam die Treppe hinauf.

Ein schwaches flackerndes Licht drang durch den Türspalt hinein. Der Schatten zweier Füße zeichnete sich dort ab. Wenig später wurde die Türklinke heruntergedrückt. Fulton erhob sich von seinem Stuhl. Die Tür schwang auf.

»Oh, Mr. Fulton, Sie sind noch wach. Verzeihen Sie mein unmögliches Verhalten, aber ich wollte Sie nicht durch mein Klopfen wecken.« »Aber ich bitte Sie, Mylady, es ist Ihr Haus.« Lady Agnes betrat das Zimmer in einem dünnen Morgenmantel. Sie schloss die Tür hinter sich. In ihrer Hand hielt sie eine kleine Laterne, in der eine Kerze flackerte. »Ich möchte Sie keinesfalls in Ihrer Arbeit unterbrechen, Mr. Fulton«, fuhr sie mit sanfter Stimme fort. Sie trat näher und setzte sich auf den freien Stuhl gegenüber von Fulton.

Der Schriftsteller nahm ebenfalls wieder Platz. »Kann ich offen mit Ihnen sprechen, Mr. Fulton?« »Selbstverständlich, Lady Agnes.« Die Hausherrin beugte sich nach vorne und sah ihr Gegenüber ernst an. »Es geht um meinen Mann«, begann sie zögernd. »Ich beginne, mir ernsthafte Sorgen um seine

Gesundheit zu machen.« Fulton hob fragend die Augenbrauen. »Sein Geisteszustand«, fügte Lady Agnes erklärend hinzu. »Er tut manchmal Dinge, an die er sich später nicht mehr erinnern kann. Das reicht von einfachen Anweisungen, die das Personal betreffen bis hin zu Aktienspekulationen. Er ist in solchen Momenten nicht mehr Herr seiner Sinne und ich befürchte, sein Zustand verschlimmert sich von Woche zu Woche. Ich bin sehr verzweifelt, Mr. Fulton und ich bitte Sie, uns, meiner Tochter und mir, zu helfen.«

Fulton war für einen Moment ehrlich überrascht. Er hatte mit Vielerlei gerechnet, damit jedoch nicht. Er räusperte sich verlegen. »Es tut mir sehr leid, Lady Agnes, ich hatte keine Ahnung, dass es um Lord Holmbury derart bestellt ist. Ich verstehe nur nicht ganz, wie ausgerechnet ich Ihnen helfen kann. Wenn es um Vermögensangelegenheiten geht, dann wäre doch Mr. Sparks viel geeigneter, mit ihm zu sprechen.«

Lady Agnes setzte ein flehendes Lächeln auf. Sie schob ihre rechte Hand über den kleinen Tisch und berührte Fulton am Arm. »Sie sind ein Außenstehender, Mr. Fulton. Ein Mann, der in der Öffentlichkeit einen respaktablen Ruf genießt, ein Mann, dem mein Gatte vertraut. Daher hat er Sie herkommen lassen. Ich bitte Sie um nichts weiter, als dass Sie ihn beobachten und ihm dazu raten, einen Arzt hierher kommen zu lassen.«

Fulton nickte langsam. »Ich verstehe. Aber haben Sie und Ihre Tochter denn nicht versucht, ihm zuzureden?«

Lady Agnes ließ sich auf ihrem Stuhl zurückfallen. »Sie ahnen gar nicht, wie oft. Aber er nimmt von uns einfach keinen Rat an. Auf Sie wird er hören, Mr. Fulton, davon bin ich überzeugt. Wollen Sie uns diesen kleinen Gefallen tun?«

Fulton erhob sich und breitete die Hände aus. »Wie könnte ich Ihnen einen Wunsch abschlagen, Mylady?« Er wollte noch etwas hinzufügen, als sich plötzlich das Licht der Deckenlampe für die Dauer von wenigen Sekunden verdunkelte. Gleichzeitig war ein eigenartiges Summen im Haus zu hören. Fulton sah Lady Agnes fragend an. »Was ist das?« Agnes Holmbury blickte zur Zimmertür. »Das ist der Aufzug«, sagte sie. »Ein Aufzug?« Fulton war ein weiteres Mal verblüfft. »Mein Mann hat sich vor etwa zwei Jahren, als sein Rheuma ständig schlimmer wurde, einen Aufzug im Ostturm einbauen lassen. Er ermöglicht ihm, ungehindert in seine Räume im ersten Stock zu gelangen. Mein Mann weigerte sich strikt, sein Arbeitszimmer und Schlafraum ins Erdgeschoss zu verlegen. Stattdessen bestand er auf dieses kostspielige Ding. Und jetzt ist er auch noch auf die Idee mit dem Manuskript gekommen. Wenn es tatsächlich von diesem Collins stammt, dann ist es doch sicher ein Vermögen wert, nicht wahr?«

Fulton wiegte den Kopf hin und her. »Nunja, mit einer fünstelligen Summe werden Sie schon rechnen müssen«, gab er vorsichtig zu. Lady Agnes nickte und sah Fulton ernst an. »Bitte kein Wort zu meinem Mann, dass ich bei Ihnen war.«

Fulton deutete eine Verbeugung an. »Das versteht sich doch von selbst, Mylady.« In diesem Augenblick eilte erneut jemand die Treppe hinauf. Es klopfte an der Tür. Beinahe im selben Moment wurde die Klinke herunter gedrückt.

Panik flackerte in Lady Agnes' Blick. Sie beruhigte sich, als ihre Tochter in der Türöffnung auftauchte. »Nadine«, stieß sie hervor. »Was tust du hier?« Nadines Blicke wanderten zwischen Fulton und ihrer Mutter hin und her. »Ich habe dich gesucht, Mama. Ich habe aus Papas Zimmer ein merkwürdiges Geräusch gehört. Ich klopfte an seine Tür, aber er antwortete nicht.« Lady Agnes zog die schmalen Augenbrauen zusammen. »Warum bist du nicht einfach hineingegangen?«

Nadine verzog die Mundwinkel. »Die Tür ist von innen abgeschlossen«, sagte sie knapp. »Was war das für ein Geräusch?«, wollte Fulton wissen. Die junge Frau wandte sich in seine Richtung. »Es war ein Poltern«, antwortete sie. »Irgend etwas ist drinnen zu Boden gefallen.« Eine unangenehme Pause entstand. »Vielleicht ist ihm beim Einschlafen das Buch aus der Hand gefallen«, überlegte Lady Agnes. »Das wäre nicht das erste Mal. Lassen wir ihn schlafen. Der Tag morgen wird anstrengend genug für ihn.« Sie reichte Fulton die Hand und sah ihn beschwörend an. Damit schwebte Lady Agnes aus dem Zimmer und war im nächsten Moment verschwunden. »Sie müssen uns für eine merkwürdige Familie halten«, vermutete Nadine und sah den Gast mit einer Mischung aus Neugier und Scham an.

»Keineswegs«, versicherte Fulton sofort. Nadine atmete tief ein. »Jetzt wollen wir Sie aber nicht mehr länger stören. Es ist spät, Sie sollten auch schlafen gehen.« Die junge Frau ging zur Tür und drehte sich dort noch einmal zu ihm um. »Ach übrigens, Mr. Fulton? Die richtige Antwort wäre *260 PS* gewesen. Sie haben keine Ahnung von Bentleys, nicht wahr? Aber ich werde schon noch herausfinden, was Sie wirklich in der Garage gesucht haben.«

Damit hatte sich auch der zweite Damenbesuch dieser Nacht verabschiedet und ließ Fulton voller gemischter Gefühle zurück. Er schloss die Tür, die Nadine offen gelassen hatte und trat an das Fenster. Der Mond zeigte sich dann und wann zwischen dunklen Wolken, die träge vorüberzogen.
Das Haus war jetzt endlich still. Doch eine dunkle Vorahnung beschlich Fulton, dass es sich um die Stille des Todes handelte.

***

Nach wenigen Stunden unruhigen Schlafes wurde Fulton durch ein energisches Klopfen an seiner Zimmertür geweckt.
»Mr. Fulton?« rief jemand. »Bitte wachen Sie auf!«
Fulton brauchte einen Moment, um sich zu orientieren und die Stimme als die von Nadine Holmbury zu erkennen.
Ruckartig schwang er sich aus dem Bett und öffnete, noch im Pyjama, die Tür. Die junge Frau sah ihn aus großen Augen an. Der schelmische Ausdruck von gestern Abend war daraus verschwunden. »Mr. Fulton, bitte kommen Sie schnell. Mit Vater stimmt etwas nicht.«

»Was ist passiert?« fragte Fulton alarmiert. Spätestens jetzt war er hellwach. Nadine breitete in einer verzweifelten Geste die Hände aus. »Er reagiert nicht auf unser Rufen. Und die Tür ist nach wie vor verschlossen. Wir bekommen sie nicht auf.«

»Ich komme sofort«, gab Fulton zurück. Eilig schlüpfte er in seine Sachen. »Was ist mit Conway oder Mr. Sparks?« hakte er nach.

Nadine schüttelte ungeduldig den Kopf. »Sparks schläft ebenfalls noch und Conway habe ich seit gestern Abend nicht mehr gesehen. Er ist nicht auf seinem Zimmer.«

Fulton legte die Stirn in Falten. Er zog sich sein Jackett über und eilte mit der jungen Holmbury die Treppe hinunter und durch den Korridor. Als sie in den ersten Stock des Hauptgebäudes gelangten, trafen sie dort auf Lady Agnes, die verzweifelt an die Zimmertür des Lords klopfte. Fulton trat mit einem entschlossenen Gesichtsausdruck hinzu und schob die Hausherrin sanft beiseite. Energisch hämmerte er gegen die Tür. »Lord Holmbury, hören Sie mich? Bitte öffnen Sie!«

»Das hat doch keinen Zweck«, rief Nadine, »wir müssen die Tür öffnen.«

Fulton ging vor der Tür in die Hocke. »Der Schlüssel steckt von innen«, stellte er fest. Dann drehte er sich zu Lady Agnes um. »Gibt es noch einen anderen?« »Nein. Mein Mann besitzt nur diesen einen.« Fulton nickte. »Wie gelange ich zu dem Aufzug?« Nadine zupfte ihn am Ärmel. »Der Zugang ist beim Ostturm. Ich zeige Ihnen den Weg.« Auf dem Weg dorthin kam ihnen Sparks entgegen. Er trug einen seidenen Morgenmantel und sah verschlafen aus. »Was um alles in der Welt ist denn hier los?« Fulton stoppte abrupt ab. »Lord Holmbury hat sich in seinem Zimmer eingeschlossen. Er antwortet nicht. Bitte kommen Sie mit, Mr. Sparks. Möglich, dass ich Sie brauche.«

Der Verwalter folgte ihnen zögernd die Treppe in das Foyer hinunter. Dort wandten sie sich nach links, vorbei an einer Reihe von Türen. Am Ende des Ganges zweigten einige ausgetretene Stufen ab, die in den Zugang zum Ostturm hinunterführten. In die weiß getünchte Wand war eine Schiebetür eingelassen, neben der sich ein hölzerner Sicherungskasten befand. Nadine riss die kleine Tür auf und betätigte einen Knopf im Innern. Beinahe sofort ertönte das Summen wieder, das Fulton in der vergangenen Nacht gehört hatte. Der Aufzug setzte sich in Bewegung.

Fulton zog die Schiebetür auf und blickte auf nacktes Mauerwerk. Es dauerte noch etwa zehn Sekunden, bis sich die kleine Kabine zu ihnen herabsenkte. Es handelte sich um einen schlichten mit Holz verkleideten Kasten, der gerade mal Platz für zwei Personen bot.

»Kommen Sie«, forderte Fulton den Verwalter auf, der noch immer einen abwesenden Eindruck machte.

Fulton drückte innen einen Knopf und die Kabine ruckte an. Nadines besorgtes Gesicht verschwand aus ihrem Blickfeld und machte wiederum der Aussicht auf gemauerte Ziegel Platz. Fulton fühlte sich während der Fahrt alles andere als wohl und atmete erleichtert auf, als die Kabine im oberen Stockwerk angekommen war. Sofort schob er die zweiflügelige Holztür auf, die das genaue Gegenstück zu der im Erdgeschoss bildete.

Die Männer betraten Holmburys Arbeitszimmer, in dem sie vor einigen Stunden zusammen das Manuskript begutachtet hatten. Fulton erfasste mit wenigen Blicken, warum es Holmbury nicht mehr möglich gewesen war, auf das Klopfen und die Rufe zu antworten.

Er lag in zusammengekrümmter Haltung vor dem Kamin. Sein Rollstohl war umgestürzt.

Fulton war mit zwei Schritten bei ihm und ging in die Hocke.

Holmburys Kopf war auf der rechten Seite in Stirnhöhe regelrecht zerschmettert. Er lag genau auf der Ecke des gemauerten Kaminsockels. Darunter hatte sich eine unübersehbar große Blutlache gebildet, die größtenteils bereits eingetrocknet war.

»Oh Gott«, raunte Sparks in Fultons Rücken. Er schlug sich die flache Hand vor den Mund. »Ist er tot?«

Fulton drehte seinen Kopf, sah Sparks für zwei Sekunden ernst an und nickte schließlich.

Sparks' Blick fiel auf den Rollstuhl, der neben dem Toten auf der Seite lag. »Er muss gestürzt sein und ist dann mit dem Kopf aufgeschlagen.«

»Ja«, sagte Fulton und erhob sich. »So scheint es zumindest.«

Sparks wollte ertwas erwidern, doch sie wurden von einem erneuten Klopfen an der Tür unterbrochen.

»Mr. Fulton? Sparks? Was ist da drinnen los? Bitte lassen Sie uns herein.« Das war Lady Agnes gewesen. In ihrer Stimme schwang ein Ausdruck von Angst mit.

Die beiden Männer sahen sich schweigend an. Schließlich setzte Sparks sich Bewegung und ging zur Tür hinüber. Seine Hand ruhte für einige Sekunden auf dem Schlüssel. Dann drehte er ihn mit einem Ruck herum und öffnete die Tür.

Sie sahen in die blassen Gesichter von Lady Agnes und Nadine, die über die Treppe zu ihrer Mutter zurückgeeilt war. Die beiden Frauen drängten nacheinander in den Raum und schrien gleichzeitig auf, als sie den toten Lord und das Blut am Boden sahen.

Fulton vertrat Lady Agnes den Weg. »Sie sollten sich das nicht so genau ansehen. Es tut mir sehr leid, Mylady, aber Lord Holmbury ist tot. So wie es aussieht, ist er gestürzt.«

Lady Agnes vergrub ihr Gesicht in den Händen.

Nadine stützte sie, konnte jedoch ihren Blick nur schwerlich von der Unglücksstelle lösen.

Für einen Augenblick sagte niemand etwas.

»Wir müssen einen Arzt verständigen«, unterbrach Sparks die Stille.

Fulton wandte sich zu dem Verwalter um und senkte seine Stimme zu einem Flüstern: »Ich schlage vor, auch die Polizei hinzuzuziehen.«

Sparks sah ihn ungläubig an. »Die Polizei?« wiederholte er. »Halten Sie das für notwendig?«

Fulton blickte lange auf die Leiche hinab, bevor er antwortete. »Reine Vorsichtsmaßnahme, Mr. Sparks. Wir sollten sämtliche Zweifel ausräumen, dass es sich hier um ein Verbrechen handeln könnte.«

Der Verwalter runzelte die Stirn, als sei ihm dieser Gedanke noch gar nicht gekommen. Er fasste sich mit einer Hand an den Kopf. »Wirklich zu dumm, dass es in diesem Haus kein Telefon gibt.« Er wandte sich an Nadine. »Haben Sie Conway heute Morgen schon gesehen?«

»Nein. Ich habe keine Ahnung, wo er steckt.«

»Hm«, machte Sparks und wandte sich zum Gehen. »Ich werde sehen, wo ich ihn auftreiben kann. Ansonsten werde ich selbst in den Ort hinunterfahren.« Damit verließ der Verwalter den Raum durch die Tür.

»Wir sollten jetzt auch hinausgehen«, schlug Fulton vor und wandte sich dabei in erster Linie an Nadine, die ihm am ehesten ansprechbar und gefasst erschien.

Sie nickte und zog ihre Mutter wortlos mit sich. Ein Schluchzen drang aus Lady Agnes' Kehle, als sie hinausgingen.

Fulton blieb mit der Leiche allein zurück. Unzählige Gedanken jagten durch seinen Kopf. Einige davon versuchten, sich dem Zugriff zu entziehen und verschwanden, bevor sie ganz ausgereift waren. Übrig blieb eine Frage, die alles andere überdeckte: Was war hier geschehen? In diesem Moment fasste Fulton den Entschluss, genau dies herauszufinden.

***

Inspektor Gerald Aitken war ein kleiner rundlicher Mann mit Halbglatze und einem Schnauzbart, dessen Enden traurig herabhingen und seinem Gesicht einen melancholischen Ausdruck verliehen. Vom hiesiegen Konstabler war er aus der nahe gelegenen Grafschaft Sussex angefordert worden. Dies geschah unmittelbar nachdem bekannt wurde, dass es in dem Haus am Kanal einen Toten gegeben hatte, bei dem es sich um niemand Geringeren als Lord Holmbury selbst handelte.

Die Leiche des Lords war soeben abtransportiert worden.

Aitken blickte dem Arzt hinterher, der den Totenschein ausgestellt und die ungefähre Todeszeit auf die Stunde zwischen Mitternacht und ein Uhr festgelegt hatte.

Er kritzelte etwas in sein altmodisches Notizbuch, schlug es kurz darauf zu und ließ es in der Tasche seines dünnen Sommermantels verschwinden. Die Blicke des Inspektors wanderten in die Runde.

Alle Personen, die im Zusammenhang mit diesem Haus standen, hatten sich im Arbeitszimmer des Verstorbenen eingefunden. Sogar Martin Conway war wieder aufgetaucht. Er lehnte lässig an dem alten Wandschrank und sah zu dem Beamten hinüber.

»Schlimme Tragödie«, sagte Aitken in diesem Moment und lenkte damit alle Blicke auf sich. »Ich danke Ihnen, dass Sie sich so schnell hier versammelt haben. Ich möchte noch einige Fragen an Sie richten. Reine Routine. Ich werde versuchen, Sie nicht allzu lange aufzuhalten. Darf ich fragen, wer von Ihnen als Erstes bemerkte, dass mit Lord Holmbury etwas nicht in Ordnung war?«

»Genau genommen war ich es, Inspektor«, sagte Nadine und sah den Beamten beinahe unterwürfig an. Sie berichtete ihm von dem Geräusch und der ausbleibenden Antwort ihres Vaters, als sie an seine Tür geklopft hatte.

»Um welche Uhrzeit war das in etwa?« hakte Aitken sofort nach. Plötzlich hielt er das Notizbuch wieder in der Hand.

Nadine überlegte einen Moment. »Als ich vergeblich versucht hatte, in Vaters Zimmer zu gelangen, sprach ich im anderen Flügel mit meiner Mutter und Mr. Fulton. Danach ging ich in die Küche, um noch etwas zu trinken. Auf der Uhr war es zwanzig Minuten nach Mitternacht.«

»Wie lange dauerte Ihre Unterhaltung im Zimmer von Mr. Fulton ungefähr?«

Nadine blickte sich nach Fulton um und begegnete seinem Blick. »Etwa zehn Minuten vielleicht. Sicher nicht länger.«

Aitken nickte. »Das bedeutet, dass sich der Sturz in etwa um Mitternacht ereignet hat. Es passt zu der Aussage des Arztes, dass der Tod um diese Zeit eingetreten ist.« Der Inspektor machte zufrieden einen Haken in seinem Buch und ging ein paar Schritte auf und ab. »Und als sich ihr Vater heute Morgen noch immer nicht rührte, verständigten Sie Mr. Fulton, mit dessen Hilfe Sie Zutritt zum Zimmer des Lords erhielten, nicht wahr?«

Nadine nickte. Sie stand an der Seite ihrer Mutter, die blass und mit ausdruckslosem Gesicht auf einem Stuhl saß.

Aitken blickte sich im Zimmer um. »Wenn ich den Hergang recht verstanden habe, dann war diese Tür von innen abgeschlossen. Es existiert nur dieser eine Schlüssel, der sich im Besitz des Lords befand und im Schlüsselloch steckte. Das Fenster war ebenso verschlossen, genau wie die Schiebtür zum Aufzugsschacht.« An dieser Stelle drehte er sich zu Fulton um. »Um in dieses Zimmer zu gelangen, benutzten Sie den Aufzug, richtig?«

»Das ist richtig, Sir«, antwortete Fulton.

»Der einzige Zugang zum Aufzug, abgesehen von diesem hier oben, befindet sich im Ostturm. Sie mussten die Kabine erst von oben herbeiholen, ist das ebenfalls richtig so?«

Fulton beließ es bei einem knappen Nicken.

Aitken machte einen weiteren Vermerk und strich sich dann mit Daumen und Zeigefinger über seinen Bart. »Demzufolge können wir wohl ein Fremdverschulden mit Sicherheit ausschließen. Denn wie Mr. Fulton mir vorhin bereits berichtete, hörten einige von Ihnen das Summen des Aufzuges das letzte Mal kurz bevor Sie, Miss Holmbury, das Poltern vernahmen. Lord Holmbury muss also noch einmal sein Zimmer verlassen haben. Wann das war, wissen wir leider nicht, da ihn niemand mehr gesehen hat. Von der zeitlichen Abfolge haben wir danach jedoch zunächst den hinauffahrenden Aufzug und schließlich das Aufprallgeräusch. Für den Moment habe ich keine weiteren Fragen an Sie. Nur mit Ihnen, Mr. Fulton, würde ich gerne noch unter vier Augen sprechen, wenn das möglich ist?«

»Selbstverständlich.«

»Dann lassen wir Sie beide jetzt am besten allein«, warf Sparks ein. Der Verwalter machte ein konzentriertes Gesicht. »Es gibt noch eine Menge für mich zu erledigen. Wenn wir wieder über das Arbeitszimmer verfügen können, wäre ich Ihnen für einen kurzen Hinweis dankbar, Inspektor.«

Nach und nach verließen die Anwesenden den Raum.

Conway blieb einen Augenblick auf der Höhe des Inspektors stehen und sah diesen und Fulton misstrauisch an. Dann ging auch er und schloss hinter Nadine und Lady Agnes die Tür.

»Sie wollten mich sprechen, Inspektor?« erinnerte Fulton den Beamten höflich. »Hm«, machte Aitken und lehnte sich gegen den Schreibtisch. »Das ist richtig, Mr. Fulton. Wie ich hörte, bestanden vor allem Sie darauf, dass die Polizei hinzugezogen wird. Darf ich fragen, aus welchem Grund?«

»Sie dürfen, Inspektor«, gab der Schriftsteller mit einem Lächeln zurück. »Ich glaube nämlich, dass hier etwas nicht mit rechten Dingen zugeht.« »Und was veranlasst Sie zu der Annahme, Sir?« hakte Aitken sofort nach.

»Zum einen die Tatsache, dass gestern am Abend meiner Ankunft ein Mann vor meinen Augen verschwunden ist. Ich nehme an, dass er ermordet und danach in den Kanal geworfen wurde. Haben Sie diese Meldung übrigens erhalten?«

Aitken nickte. »Ja. Ich erhielt gestern um kurz nach 22:00 Uhr die Meldung von Konstabler Jenkins, dass eine Person vermisst wird. Darüber wollte ich hauptsächlich mit Ihnen sprechen, Mr. Fulton. Doch zunächst zurück zu Lord Holmbury. Gibt es Ihrer Ansicht nach konkrete Hinweise, die auf ein Verbrechen hindeuten?«

Fulton überlegte einen Moment, bevor er antwortete. Er stand dem Inspektor gegenüber und blickte auf ihn herab. »Konkrete Hinweise, wie Sie es nennen, habe ich leider nicht. Noch nicht. Es ist mehr ein Gefühl, dass hier etwas nicht stimmt. Und ich bin mir sicher, dass dieser merkwürdige Fremde in diese Sache verwickelt ist.«

Aitken räusperte sich lautstark. »Mit Verlaub, Mr. Fulton, aber mit einem bloßen Gefühl kann ich leider nichts anfangen. Es deutet meiner Meinung nach absolut nichts darauf hin, dass Lord Holmbury ermordet wurde. Und wie wir eben festgestellt haben, wäre es dem möglichen Täter wohl kaum möglich gewesen, diesen Raum nach der Tat zu verlassen. Wir haben es auch nicht mit Diebstahl zu tun, denn ich habe rein vorsorglich sowohl Lady Agnes als auch Miss Nadine Holmbury danach befragt, ob aus diesem Zimmer irgendetwas entfernt worden ist. Ich sehe weit und breit kein Motiv für einen Mord. Und was das Verschwinden des Fremden angeht, so versichere ich Ihnen, dass wir der Sache natürlich nachgehen. Wir haben auch tatsächlich die von Ihnen beschriebenenen Blutspuren auf dem Weg am Kanal gefunden. Sie werden derzeit noch untersucht. Aber auch dies kann alles bedeuten oder gar nichts. Der Kanal wird zur Stunde von einigen Beamten und freiwilligen Helfern abgesucht. Bisher allerdings ohne Ergebnis. Der Kanal hat an dieser Stelle eine leichte Strömung. Alles, was dort hinunterfällt, wird also vermutlich in Richtung der Schleuse von Stroker's Mill getrieben. Wir werden das im Auge behalten und Sie informieren, sobald wir etwas gefunden haben.« Fulton nickte anerkennend. Er konnte dem Inspektor keinen Vorwurf machen. Er bemühte sich redlich, seine Arbeit gründlich zu tun. Und doch blieben Zweifel zurück, die einen bitteren Beigeschmack hatten. »Haben Sie überprüft, ob im näheren Umkreis jemand vermisst wird?«

»Selbstverständlich«, lautete die Antwort des Inspektors. Aitken wirkte leicht gereizt. »Sie haben den Fremden auf der Fähre das erste Mal gesehen, richtig?« Fulton nickte.

»Dann spricht Vieles dafür, dass es sich nicht um einen Einheimischen handelt. Ich benötige dann für den Moment von Ihnen nur noch eine ungefähre Personenbeschreibung des Mannes.« Fulton beschrieb den Fremden von der Fähre, wie er ihn in Erinnerung hatte. Aitken machte fleißig Notizen und verabschiedete sich geschäftig. Fulton sah dem kleinen Mann nach, wie er aus dem Raum stiefelte. Sein Blick wanderte zu dem dunklen Fleck auf dem Teppich hinüber. Wie ein Mahnmal kam er ihm vor. Fulton beschäftigte sich nun das erste Mal eingehender mit dem Arbeitszimmer des Toten.

In der Nische rechts neben dem Kamin stand der Rollstuhl, den irgendjemand, vermutlich Aitken, wieder aufgerichtet hatte. Fulton ging vor ihm in die Hocke und untersuchte ihn, ohne jedoch auf etwas Verdächtiges zu stoßen. Nichts im Zimmer war in Unordnung geraten. Nichts, was eventuell auf einen Zweikampf hingedeutet hätte. Und doch drängte sich Fulton der Verdacht auf, dass es sich bei Lord Holmburys Tod um alles andere als einen Unfall handelte.

Wer würde von seinem Tod profitieren? Das galt es zu untersuchen. Irgendwo in diesem verwunschenen Haus musste ein Motiv zu finden sein.

Fulton betrachtete das getrocknete Blut am Sockel des Kamins. Der Eckstein hatte eine spitze Kante, die ohne

Weiteres die schreckliche Wunde am Kopf des Lords verursacht haben konnte. Rechts neben dem Kamin befand sich ein Messingständer, an dem in einer Vorrichtung Schürhaken in verschiedenen Größen hingen. Doch auch sie wiesen keinerlei Spuren auf.

Fulton seufzte und begab sich auf die gegenüberliegende Seite des Raumes. Er zog sich einen Besucherstuhl heran, setzte sich hinter den wuchtigen Sekretär und trommelte mit den Fingern auf die Platte. Dann begann er damit, die verschiedenen Schubladen zu durchsuchen, die er allesamt unverschlossen vorfand. Sie enthielten gewöhnliche Dinge, wie diverse Füllfederhalter, ein großes Tintenfass und Schreibpapier in verschiedenen Farben. In der mittleren Schublade auf der rechten Seite des Tisches lag obenauf eine Ausgabe der Times. Ein flüchtiger Blick auf das Datum verriet Fulton, dass die Zeitung drei Tage alt war. Er wollte die Schublade bereits wieder schließen, als etwas an dieser Zeitung seine Aufmerksamkeit erregte. Fulton nahm sie heraus und breitete sie auseinander. Der Anzeigenteil lag jetzt vor ihm. Irgendjemand, vermutlich Lord Holmbury selbst, hatte mit einem roten Stift eine Annonce eingekreist.

Fulton fand sie in der Rubrik der verschlüsselten Botschaften:

In der zwölften Nacht des Achten, bringt das Wasser gute Frachten.

Zeig' den Schlüssel mir zum Turm; erobern will ich ihn im Sturm.

Fulton fühlte sich mit einem Mal wie elektrisiert. Er wusste plötzlich, dass er hier auf eine Spur gestoßen war. Wenngleich er diese Botschaft noch nicht deuten konnte, so war sie Holmbury doch zumindest so wichtig gewesen, dass er sie markiert und die Ausgabe aufbewahrt hatte. Fulton rollte sie zusammen und steckte sie in seine Jackentasche.

Ein Geräusch an der Tür ließ ihn herumfahren.

»Darf ich Sie kurz sprechen, Mr. Fulton?« Lady Agnes stand im Raum wie ein Gespenst. Sie trug ein dunles Kleid, dessen Saum über den Boden schleifte. Sie wirkte noch blasser als zuvor und ihr Haar war in Unordnung geraten.

Fulton erhob sich von dem Stuhl und ging einen Schritt auf die Hausherrin zu. »Selbstverständlich«, gab er zurück. »Aber bitte setzten Sie sich doch.« Lady Agnes schüttelte wie benommen den Kopf. »Wie ich vom Inspektor hörte, halten Sie es für möglich, dass ...«, sie zögerte einen Moment, » ... dass mein Mann nicht durch einen Unfall ums Leben gekommen ist?«

Fulton trat unbehaglich von einem Bein auf das andere. »Diese Vermutung hängt hauptsächlich mit der seltsamen Erscheinung des Fremden zusammen«, erklärte er. »Ich nehme an, dass Sie davon bereits gehört haben?«

Lady Agnes nickte. »Ich denke, jeder hier im Haus weiß inzwischen darüber Bescheid.«

»Und Sie haben keine Ahnung, wer der Mann war?«

»Nein«, gab sie zurück. »Ach, es ist einfach furchtbar. Und als ob das alles noch nicht reicht, ist eben auch noch dieser Mr. Thurston wegen des Manuskripts eingetroffen. Er wartet unten im Salon.« Fulton zog überrascht die Augenbrauen hoch. »Mr. Thurston?« wiederholte er, »der Antiquitätenhändler?« Diese Angelegenheit war ihm vollkommen entfallen. Lady Agnes nickte schwach und griff sich an die Stirn. »Ich wollte ihn bereits fortschicken, aber dann fiel mir ein, dass es sicher unhöflich wäre. Außerdem wird er dieses Buch wiederhaben wollen. Mr. Fulton, können Sie nicht mit ihm reden?« Ihre Stimme hatte einen flehenden Unterton angenommen. »Ich kümmere mich darum«, versicherte Fulton und wandte sich zur Tür. »Sie sollten sich ein wenig ausruhen, Lady Agnes.«

Fulton ließ die Witwe allein im Zimmer zurück und eilte die Treppe in die Halle hinunter. Im angrenzenden Salon traf er auf den neuen Besucher, der sich in diesem Augenblick aus einem Sessel erhob. Es handelte sich um einen Mann mittleren Alters, der sein dunkles Haar gescheitelt trug. Er steckte in einem braunen Anzug und machte insgesamt einen vitalen Eindruck. »Sie müssen Mr. Fulton, der Schriftsteller sein?« begann er beinahe schüchtern und streckte dem anderen seine Hand hin. Fulton ergriff sie und nickte dem Mann zu. »Mein Name ist Thurston«, fuhr dieser fort. »Wilbur Thurston, Antiquitätenhändler aus London. Ich war für heute Mittag mit Lord Holmbury verabredet, wegen des Manuskriptes, das er bei mir zu kaufen gedachte. Und jetzt höre ich soeben, dass es vergangene Nacht zu einem schrecklichen Unglücksfall gekommen ist?«

»Das ist leider wahr«, räumte Fulton ein. Er bedeutete dem Anderen, wieder Platz zu nehmen und ließ sich ebenfalls in einem Sessel nieder. »Lord Holmbury ist tot. Ich fürchte, dass Sie Ihre Reise umsonst gemacht haben, Mr. Thurston. Und auch aus dem Ankauf des Manuskripts wird wohl nichts werden. Aber keine Sorge, ich habe es in meinem Zimmer und Sie erhalten es unbeschadet zurück.«

Thurston wirkte enttäuscht. »Das ist in der Tat sehr traurig. Aber unter den gegebenen Umständen natürlich nachvollziehbar.« Fulton musterte den Händler neugierig. »Wie ist Lord Holmbury eigentlich auf das Collins-Manuskript aufmerksam geworden, wenn ich fragen darf? War er in Ihrem Geschäft in London?«

Thurston stellte ein bescheidenes Lächeln zur Schau. »Ich nehme an, dass ihm dies wohl nicht möglich war. Nein, ich selbst habe den Kontakt zu ihm gesucht. Lord Holmbury ist in Literatenkreisen als Sammler antiker Schriften weithin bekannt. Ich habe ihm in einem Schreiben verschiedene Stücke zum Kauf angeboten und er zeigte sich insbesondere an dem handschriftlichen Manuskript interessiert.«

»Verstehe«, antwortete Fulton. »Ein unveröffentlichtes Collins-Manuslript ist wirklich eine bemerkenswerte Rarität. Darf ich fragen, zu welchem Preis Sie es Lord Holmbury angeboten haben?« Thurston lächelte in sich hinein. »Lord Holmbury schrieb mir, er wäre bereit, dafür 50.000 Pfund zu zahlen. Ich schätze, wir hätten uns am Ende auf 65.000 geeinigt. Umso bedauerlicher, dass das Geschäft nun nicht mehr zustande kommt. Ach übrigens, dürfte ich das Buch wohl wieder an mich nehmen?«

»Sicher. Ich werde es holen. Bitte warten Sie hier.«

Fulton legte in Gedanken versunken den langen Weg zu seinem Zimmer zurück. Als er die Treppe hinaufstieg fragte er sich nicht zum ersten Mal, ob Lord Holmbury möglicherweise aufgrund des mysteriösen Manuskriptes hatte sterben müssen. Sein Verdacht erhärtete sich, als er feststellte, dass während seiner Abwesenheit jemand sein Zimmer durchwühlt hatte und Collins' unveröffentlichtes Werk spurlos verschwunden war.

***

Nadine Holmbury verließ das Haus durch den Seiteneingang, der zum Garten hinaus führte. Dahinter wiederum erstreckten sich die Ländereien, die zum Holmbury-Besitz gehörten. Nadine war auf der Suche nach Conway, den sie schon bald beim Gerätehaus fand. Der Angestellte trug eine grüne Latzhose und hielt eine Heckenschere in der Hand. Als er Nadine erblickte, hielt er inne. »Hier stecken Sie also, Martin.« Conway machte eine ausweichende Handbewegung. »Ihre Mutter hat mich gebeten, mich um die Hecke zu kümmern.«

Nadine trat ein paar Schritte näher. »Was hat mein Vater gestern Mittag von Ihnen gewollt?«

Conways Züge verhärteten sich. »Ich verstehe nicht, was Sie meinen, Miss.«

Nadine lachte hart auf. »Was ist denn daran nicht zu verstehen? Ich habe zufällig gehört, wie mein Vater Sie gestern in sein Arbeitszimmer gerufen hat. Er schien mir sehr aufgeregt zu sein. Welchen Auftrag hat er Ihnen also gegeben?« Jetzt war es Conway, der lächelte. »Entschuldigung, Miss, aber darüber bin ich Ihnen keine Rechenschaft schuldig.« »Das wird sich noch herausstellen, Martin«, gab Nadine scharf zurück. »Aber ich weiß auch so, was er von Ihnen gewollt hat.« Die Augen des Dieners verengten sich zu Schlitzen. »Ach ja?« Nadine gab sich lässig, auch wenn sie innerlich aufgewühlt war. »Ich habe Sie gestern Abend gesehen, als Sie das Haus verließen. Kurz bevor Fulton hier aufgetaucht ist. Sie sind den Weg hinunter zum Kanal gegangen, Martin.«

Conway hob die Heckenschere langsam in die Höhe und brachte sie zwischen sich und Nadine. »Na und?« rief er. »Was ist daran so ungewöhnlich?«

Nadine machte ein verächtliches Geräusch. »Vielleicht die Tatsache, dass Sie um diese Uhrzeit da unten nichts zu suchen hatten. Oder der Umstand, dass gestern Abend der Fremde am Kanal verschwunden ist. Der Mann, der vermutlich ermordet wurde.«

Conway trat noch einen Schritt auf Nadine zu, bis sie sich Auge in Auge gegenüberstanden. »Wissen Sie, was ich darüber denke? Dass dieser Fremde eine Erfindung von diesem Fulton ist. Außer ihm hat ihn doch niemand gesehen. Nicht einmal die Polizei hat etwas gefunden. Das hat sogar Inspektor Aitken bestätigt. Sie sehen also: ich habe nichts Verbotenes getan. Aber wenn Sie schon so neugierig sind, Miss Holmbury, dann würde ich mich an Ihrer Stelle einmal um diesen Fulton kümmern. Wer sagt Ihnen eigentlich, dass er tatsächlich der Mann ist, den Ihr Vater erwartet hat?« Damit stapfte Conway an ihr vorbei und war im nächsten Augenblick hinter der Hecke verschwunden.

Nadine wollte ihm nachsetzen, überlegte es sich dann jedoch anders. Conway würde ihr nicht verraten, wo er gestern Abend gewesen war.

Seine Worte hallten in ihr nach. *Fulton*, dachte sie. Niemand von ihnen war auf die Idee gekommen, seine Identität zu überprüfen. Was, wenn er einzig aus dem Grund gekommen war, um sich dieses verwunschene Manuskript anzueignen? Er mochte Schriftsteller sein oder nicht; auf jeden Fall war es ihr nicht entgangen, wie seine Augen geglänzt hatten, als er über das Buch gesprochen hatte. Es musste in der Tat sehr wertvoll sein. Ein Gedanke ließ ihr keine Ruhe: Würde Fulton selbst vor einem Verbrechen nicht zurück schrecken, um das Manuskript in seinen Besitz zu bringen?

***

Agnes Holmbury hörte, wie Fulton den Mann aus dem Salon, Thurston, allein ließ und durch den Korridor in den anderen Flügel hinüber eilte. Als gute Gastgeberin hätte sie jetzt sicherlich zu dem Besucher in den Salon gehen sollen aber sie fühlte sich elend und schwach. Sie streifte ziellos durch das obere Geschoss, als aus dem Arbeitszimmer des Lords ein Geräusch an ihre Ohren drang.

Die Tür war nur angelehnt.

Lady Agnes blieb davor stehen und horchte. Sie hörte das Rascheln von Papier. Jemand atmete lautstark.

Sie stieß die Tür auf und erkannte Sparks, der mit hochrotem Kopf vor dem geöffneten Tresor stand und zwischen Unterlagen wühlte.

»Was machen Sie da, Sparks?« fragte Lady Agnes mit schneidender Stimme.Der Verwalter fuhr herum und rückte sich unbeholfen seine Krawatte zureckt. »Ich ... ich habe etwas gesucht«, stammelte er.

Lady Agnes hob die rechte Augenbraue und ging auf den Anderen zu. »Was haben Sie denn da in der Hand?« Sie deutete auf einen schmalen Aktenordner, der offensichtlich Kontoauszüge enthielt.

»Ich fürchte, ich habe eine schlechte Nachricht für Sie«, gab der Verwalter zurück. Schweiß perlte auf seiner Stirn. Er deutete auf die Auszüge. »Ihr Mann hat in den letzten Wochen nicht weniger als 250.000 Pfund für irgendwelche fadenscheinigen Aktien ausgegeben, die keinen müden Penny wert sind. Er hat fast das gesamte Barvermögen vernichtet.«

Lady Agnes ließ die Luft aus ihren Lungen entweichen. »Das ist nicht wahr«, presste sie hervor.

Sparks wischte sich mit einem Tuch über das Gesicht. »Hier sind die Auszüge der Bank«, sagte er und deutete auf den aufgeschlagenen Ordner. Lady Agnes warf einen flüchtigen Blick darauf. »Und was bedeutet das?« Sparks gab ein missglücktes Lachen von sich. »Das bedeutet, dass Sie so gut wie pleite sind. Die Aktien sind wertlos. Die Firma hat vor wenigen Tagen Konkurs angemeldet. Er hätte sein Geld genausogut verbrennen können. Und Sie werden die Ländereien verkaufen müssen, wenn Sie das Haus hier auf absehbare Zeit halten wollen.«

Lady Agnes wurde noch eine Spur bleicher. Sie musste sich an der Lehne eines Stuhles festhalten. Plötzlich veränderte sich der Ausdruck in ihrem Gesicht. »Woher haben Sie eigentlich die Kombination des Tresors?«

»Was?« schnappte Sparks, »woher ich was habe?«

»Die Kombination«, sagte Lady Agnes scharf. »Und wie kommen Sie überhaupt dazu, in den privaten Unterlagen meines Mannes zu schnüffeln? Dafür hat mein Mann Sie nicht bezahlt, Sparks!«

Der Verwalter klappte den Ordner zu und blieb einen Moment regungslos stehen. Er antwortete nicht.

Lady Agnes ging auf ihn zu und riss ihm die Unterlagen aus der Hand. »Mir kommt da gerade ein anderer Gedanke, Sparks«, sagte sie, wobei sie den Anderen scharf beobachtete. »Haben nicht Sie selbst meinem Mann immer wieder dazu geraten, einen Teil seines Vermögens in Aktien zu investieren? Sie wussten genau, dass mein Mann davon nicht die geringste Ahnung hatte.«

»Aber Mylady«, protestierte Sparks, »das war doch nur …«

»Es würde mich gar nicht wundern, wenn Sie der Inhaber dieser Pleitefirma sind und sich somit das Geld meines Mannes in Ihre eigene Tasche gewirtschaftet haben.« Lady Agnes funkelte ihren Verwalter böse an.

Sparks schob mit einer Hand die Tür des Tresors zu, ohne jedoch den Blick von Lady Agnes zu wenden. »Ich warne Sie, Mylady. Treiben Sie es nicht zu weit.«

Für mehrere Sekunden standen sich die beiden stumm gegenüber. Dann schnaufte Sparks wütend und wandte sich ab. Hinter ihm knallte die Tür ins Schloss.

Lady Agnes blieb stumm im Zimmer stehen. Sie hatte plötzlich das Gefühl, dass der Tod ihres Mannes nur der Anfang gewesen war.

***

Fulton rannte die Treppe hinunter und steuerte wenig später im Ostflügel den Salon an, in dem der Antiquitätenhändler Thurston noch immer wartete. Fulton hatte bereits die Hand auf der Klinke, als er es sich anders überlegte. Er musste mit Lady Agnes sprechen. Am besten sofort. Er wandte sich ab und erreichte nur wenige Sekunden später, ein wenig außer

Atem, das Arbeitszimmer des Lords. »Ich hatte gehofft, dass ich Sie hier antreffe, Mylady«, begrüßte er die Hausherrin.

Lady Agnes, die am Fenster gestanden und ziellos hinausgesehen hatte, drehte sich langsam zu ihm um. »Ich hoffe, Sie bringen nicht noch weitere unangenehme Nachrichten«, sagte sie leise.

Fulton sah sie ernst an. »Ich fürchte doch, Mylady. Das Collins-Manuskript ist aus meinem Zimmer verschwunden. Jemand hat das Buch an sich genommen, während ich mit Thurston gesprochen habe.«

»Ein Diebstahl? In unserem Haus?« Lady Agnes sah ihn verwirrt an. »Aber wer …?«

»Ich weiß es nicht«, schnitt Fulton ihr das Wort ab. »Aber ich werde es herausfinden. Ich glaube, es ist an der Zeit, einige Dinge aufzudecken, die hier vertuscht werden sollen.«

Lady Agnes' Augen weiteten sich unmerklich. »Wie meinen Sie das?«

Fulton wiegelte ihre Frage mit der Hand ab. »Thurston will das Buch zurück. Bitte gehen Sie zu ihm hinunter, Mylady. Versuchen Sie, ihn hinzuhalten. Ich hoffe, dass ich das Manuskript in einer Stunde wiederbeschafft habe.«

Lady Agnes wich einen Schritt zurück. Mit einem Mal wirkte sie verängstigt. »Ja, aber was soll ich dem Mann denn sagen, warum er so lange warten soll?«

Fultons Blick fiel auf den Tresor. »Sagen Sie ihm meinetwegen, dass ihr Mann das Buch kurz vor seinem Tod darin verschlossen hat und wir uns erst die Kombination verschaffen müssen. Ich werde mich beeilen.« Fulton drehte sich auf dem Absatz herum und ließ Lady Agnes sprachlos zurück. In der Halle vor dem Salon traf er auf Nadine, die ihm entschlossen entgegentrat. »Mr. Fulton, ich muss mit Ihnen reden.« »Das trifft sich gut«, gab er zurück. Er zog sie sanft von der Salontür weg, die nur angelehnt war. »Nadine, ich glaube, dass hier im Haus etwas Gefährliches passiert. Und ich weiß nicht, wen es von uns als Nächstes treffen kann. Wollen Sie mir helfen, Licht in diese dunkle Sache zu bringen?«

Nadine öffnete den Mund und schloss ihn sofort wieder. Es sah aus, als würde sie nach Luft schnappen. »Wie kommen Sie auf die Idee, dass ich Ihnen soweit vertraue?«

Fulton reagierte nicht auf ihren Einwand. »Nadine«, sagte er etwas energischer. »Ich glaube, dass Ihr Vater ermordet wurde und ich beginne, langsam die Zusammenhänge zu begreifen.

Ich benötige aber Ihre Hilfe. Und es muss schnell passieren. Sind Sie nun dabei oder nicht?«

Nadine atmete tief durch. »Also gut«, presste sie zwischen ihren schmalen Lippen hervor. »Was wollen Sie von mir wissen?« Fulton nickte erleichtert. »Zunächst einmal: Haben Sie rein zufällig gesehen, ob jemand in den letzten zwei Stunden mein Zimmer betreten hat? Oder zumindest in den Westflügel hinübergegangen ist?«

Nadine zögerte. »Ich habe vorhin Mr. Sparks gesehen, wie er die Treppe herunterkam. Anschließend ist er in den Westflügel abgebogen. Er schien mir sehr aufgebracht zu sein.« Fulton nickte. »Ansonsten haben Sie niemanden bemerkt?« »Ich bin hier nicht auf Wachtposten, Mr. Fulton. Ich lebe hier.« »Also schön«, gab der Schriftsteller zurück. »Bitte kommen Sie mit mir zum Ostturm. Es gibt da noch etwas, das mir nicht ganz klar ist.«

Nadine zuckte die Achseln. »Ich verstehe zwar nicht, wozu das gut sein soll, aber bitte.« Fulton folgte ihr durch das Gebäude, bis sie vor der Fahrstuhlkabine standen. Im Turm war es zugig und kalt. Fulton trat an den Kasten neben der Tür heran, drehte den kleinen Schlüssel herum und öffnete ihn.

Nadine stand mit fragendem Gesichtsausdruck neben ihm.

»Es gibt nur zwei Möglichkeiten, die Kabine zu betreten, nicht wahr? Über den Einstieg hier unten und durch den Zugang im Arbeitszimmer des Lords?« »Ja«, bestätigte Nadine. »Es gibt keine Zwischenstationen, wenn Sie das meinen.«

Fulton biss sich auf die Unterlippe und deutete in den Kasten. »Man kann den Aufzug mit diesem Knopf hier rufen. Ein ähnlicher Knopf ist oben im Zimmer angebracht. Und der Schlüssel zu diesem Kasten wird stets im Schloss stecken gelassen, richtig?«

Wieder nickte Nadine. »Ich verstehe nicht, was Sie ...«

»Was ist das hier für eine Kurbel?« unterbrach Fulton sie. Er deutete auf eine Stange aus Metall, an deren Ende ein Knauf angebracht war. Das andere Ende mündete direkt in der Wand. »Das ist ein Notfallsystem«, antwortete Nadine tonlos. »Falls im Haus der Strom ausfällt, während die Kabine unterwegs ist.« Etwas regte sich in Fulton. Ein Gedanke begann, Gestalt anzunehmen. »Wie funktioniert das genau?« hakte er nach.

Nadine seufzte ungeduldig. »Angenommen, die Kabine bleibt stecken, während sie hinauf oder hinunterfährt, dann kann sie jederzeit über diese Kurbel per Hand nach unten befördert werden. Daran hängt ein Seilsystem aus Gewichten und Gegengewichten.«

»Hmm«, machte Fulton, während er die Kurbel genauer betrachtete. »Und sie funktioniert nur in die eine Richtung? Nach unten?«

»Ja«, antwortete Nadine knapp. »Ich verstehe allerdings noch immer nicht, warum Sie das alles wissen wollen.«

Ein Lächeln trat auf Fultons Lippen, doch es war kein Ausdruck der Heiterkeit. »Es zeigt nur, dass sich der angebliche Unfall Ihres Vaters auch ganz anders abgespielt haben kann. Ich wusste, dass hier etwas nicht stimmt und jetzt weiß ich auch, was es ist.«

Nadine sah ihn ungläubig an. »Sie denken, dass jemand in Vaters Zimmer eingedrungen ist und ihn umgebracht hat, nicht wahr? Wer war es, Mr. Fulton? Bitte sagen Sie es mir!«

Fulton schüttelte langsam den Kopf. »Das kann ich noch nicht, Nadine. Ich muss mir erst über einige Dinge Klarheit verschaffen. Wissen Sie, wo Conway steckt?«

»Martin?« gab Nadine zurück. »Ich habe ihn vorhin hinter dem Haus getroffen. Er ist dabei, die Hecke zu schneiden.«

»Gut«, sagte Fulton knapp und wandte sich zum Gehen.

»Mr. Fulton?« rief Nadine ihm hinterher.

Der Schriftsteller drehte sich um.

»Ich weiß nicht, ob es wichtig für Sie ist. Aber ich habe Conway gestern Abend aus dem Haus schleichen sehen. Ich glaube, dass er zum Kanal hinuntergegangen ist. Das war kurz vor Ihrer Ankunft. Ich habe gehört, wie er sich gestern mit Vater über etwas unterhalten hat, dass am Kanal passieren sollte. Ich habe leider nicht verstanden, um was es ging.«

Fulton atmete tief ein. »Das sind in der Tat sehr wichtige Informationen, Nadine. Ich danke Ihnen sehr.« Er zwinkerte ihr zu und wandte sich zur Tür, die vom Turm aus ins Freie führte. »Ach, eins noch, Nadine. Werden die verschiedenen Hauseingänge eigentlich über Nacht abgeschlossen?«

»Natürlich. Sowohl die Haustür als auch der Seiteneingang. Und die Türen zu den beiden Türmen natürlich auch.«

»Wer ist dafür verantwortlich?«

»Mr. Conway. Er macht regelmäßig bei Einbruch der Dunkelheit die Runde und verschließt die Türen. Und ehe Sie mich danach fragen: Die Schlüssel bleiben von innen stecken.« Fulton nickte grimmig. »Das war alles, was ich wissen wollte.« Er öffnete die Tür zum Turm und trat hinaus.

Kalter Wind schlug ihm ins Gesicht und drang durch seine Kleidung. Fulton wandte sich nach links. Er folgte dem Weg, der an den Nebengebäuden vorbei führte. In Höhe der Garage blieb er stehen. Aus den Augenwinkeln heraus hatte er eine Bewegung registriert. Ein Schatten, der hinter einem der verstaubten Fenster aufgetaucht war. Fulton verließ den Weg und hielt auf die Garage zu.

Die Tür schlug im Wind hin und her.

Fulton zog sie auf und tauchte in das Innere. Dämmerlicht empfing ihn. Erst jetzt erkannte er, wie groß das Gebäude eigentlich war. Offenbar ebenfalls eine umfunktionierte Stallung. In der Mitte befanden sich gemauerte Pfeiler, von denen hölzerne Balken in die Deckenkonstruktion übergingen. An den Wänden hingen alte eisenbeschlagene Wagenräder und ausgedientes Zaumzeug. Überbleibsel einer längst vergangenen Zeit.

»Mr. Conway, sind Sie hier?« Fultons Stimme klang dumpf und wurde von den niedrigen Mauern verschluckt.

Plötzlich tauchte aus dem Schatten des Bentleys eine Gestalt empor. »Was wollen Sie von mir, Fulton? Haben Sie hier nicht schon genug herumgeschnüffelt?«

»Was hatten Sie gestern Abend unten am Kanal zu suchen?« fragte Fulton scharf.

Conway schnaufte verächtlich. »Das geht Sie einen feuchten Dreck an!« Fulton kam näher. Er starrte den Angestellten unverwandt an. »Miss Nadine hat Sie gesehen, wie Sie in der Dämmerung hinuntergegangen sind. Zu einem Zeitpunkt, an dem Sie mich eigentlich von der Fähre hätten abholen sollen. Was also haben Sie da unten getrieben, Conway? Hatten Sie etwa den Auftrag, den Fremden zu beseitigen?«

Conways Mundwinkel zuckten. »Der Wagen hatte einen Motorschaden. Ich konnte Sie nicht abholen. Das wissen Sie genau.« Fulton lächelte grimmig. »Ich habe den Wagen gestern überprüft. Er ist vollkommen in Ordnung. Also hören Sie auf, mich für dumm zu verkaufen. Wer war der Mann, den Sie aus dem Weg räumen sollten? Was wollen Sie vor uns geheimhalten, Conway?«

Der Diener trat zwei Schritte zurück, bis er mit dem Rücken gegen eine der Säulen prallte. Fulton folgte ihm auf dem Fuß. »Sie haben den Mann umgebracht, Conway. Ich kam nur wenige Sekunden zu spät. Nur zu dumm, dass Sie das hier übersehen haben.« Fulton zog das Feuerzeug aus der Tasche. Er bemerkte, wie Conways Augen es fixierten. »Ich sehe, Sie erkennen es wieder, Conway.«

Der Diener bemühte sich um seine Haltung. »Das beweist gar nichts«, presste er hervor. »Das können Sie überall gefunden haben.« »Richtig«, räumte Fulton ein. »Aber dieses Feuerzeug beweist vor allem mir, dass der Fremde von der Fähre wirklich unten am Kanal war. Dass er auf dem Weg hierher war. Und Sie hatten den Auftrag, den Mann aufzuhalten, Conway. Und ihn notfalls ganz auszuschalten. Wer ist Ihr Auftraggeber? Wer?« Fulton stieß den Anderen mit dem Feuerzeug in die Rippen.

Conway ächzte. »Mir werden Sie nichts anhängen, Fulton. Sie haben keine Beweise.«

Fulton packte ihn urplötzlich mit der freien Hand am Kragen. »Die werde ich mir beschaffen. Verlassen Sie sich darauf. Und insbesondere mit Inspektor Aitken werde ich mich nochmal über den Fremden unterhalten und ihm dies hier zeigen.« Fulton hob nochmals das Feuerzeug in die Höhe. »Nein«, schrie Conway auf. Mit einer kräftigen Bewegung riss er sich plötzlich los. Fulton taumelte zur Seite und hielt sich am Kühlergrill des Wagens fest. Conway nutzte die Gelegenheit und rannte zur Tür hinüber.

In diesem Moment war das Splittern von Glas zu hören. Nahezu in derselben Sekunde fielen kurz hintereinander drei Schüsse.

Fulton sah, wie Conway getroffen wurde und unter dem Aufprall der Geschosse taumelte. Die Augen des Dieners waren weit aufgerissen, als seine Knie nachgaben und er zu Boden sackte. Ein Schatten verdunkelte das Fenster. Im nächsten Moment war er verschwunden.

Fulton hastete zu Conway hinüber. Die Jacke des Dieners war zerfetzt und auf seiner Brust breiteten sich rasend dunkle Flecken aus. Der Mann war tot, für ihn kam jede Hilfe zu spät. Fulton sprang auf und rannte zur Tür hinüber. Mit einem Satz hechtete er ins Freie.

Seine Blicke suchten das Gelände ab. Nichts.

Er hastete weiter. Als er das Garagengebäude hinter sich ließ, sah er ihn. Eine dunkle Gestalt in einem schwarzen Mantel, mit breitkrempigem Hut. Fulton stockte der Atem.

Der Fremde von der Fähre. Er stand für eine Sekunde am Abhang zum Kanal und wandte seinen Kopf in Fultons Richtung. Aber wie war das möglich?

Der Andere war zu weit entfernt, als dass Fulton sein Gesicht erkennen konnte. Außerdem wurde es durch den Hut verdeckt. Im nächsten Augenblick war die unheimliche Erscheinung verschwunden. Als hätte es sie nie gegeben.

Fulton setzte ihr nach. Er folgte dem schmalen Schotterweg, der zum Abhang führte. Das Gelände war rutschig und Fulton musste Acht geben, nicht den Halt zu verlieren, als er den Hang auf der anderen Seite wieder herunter eilte.

Vor ihm lag der Kanal. Ruhig und verlassen. Wohin war der Andere verschwunden?

Als Fulton eine Bewegung aus dem Augenwinkel registrierte, war es bereits zu spät. Ein Schuss peitschte auf und im nächsten Augenblick traf etwas Fultons Arm. Er schrie auf und wurde herumgewirbelt. Beinahe wäre er ins Wasser gestürzt.

Fulton hörte ein Rascheln über sich. Der Unheimliche musste sich hinter einem Gebüsch versteckt haben. Jetzt hatte er es verlassen und verschwand über den Abhang.

Fulton keuchte vor Schmerz. Er sah dem Anderen nach. Es hatte keinen Zweck, ihn zu verfolgen. Er rappelte sich auf und presste sich die Hand auf den linken Oberarm.

Es wurde Zeit, dieses mörderische Spiel zu beenden.

***

Als Fulton durch den Haupteingang in die Halle trat, stand ihm Schweiß auf der Stirn. Nadine kam ihm aufgeregt entgegengeeilt. Fulton hatte den Eindruck, als habe sie auf ihn gewartet. »Um Himmels Willen, Mr. Fulton, was ist passiert? Sind Sie verletzt? Ich habe Schüsse gehört.«

Fulton winkte ab. Als er seine rechte Hand betrachtete, war sie vom Blut rot gefärbt. »Ich glaube, ich habe Glück gehabt«, sagte er. »Die Kugel hat mich nur gestreift.« Nadine bestand darauf, ihn zu verbinden, was Fulton geduldig über sich ergehen ließ. »Conway ist tot«, platzte er schließlich heraus. »Er wurde vor meinen Augen erschossen.«

Nadine nickte ernst. Trauer zeigte sie keine. »Was geht hier vor, Mr. Fulton? Wissen Sie es?«

»Ja. Ich glaube, ich habe alle Hinweise richtig zusammengesetzt«, antwortete er. »Nadine, wo sind die anderen? Sind alle noch im Haus?«

Die junge Frau nickte. Ihre Wangen waren gerötet. »So weit ich weiß, ist Mutter oben. Sparks hat sich auf sein Zimmer zurückgezogen und dieser Thurston müsste noch immer im Salon warten.«

»Bitte führen Sie auch die anderen dorthin«, wies Fulton sie an. »Sorgen Sie dafür, dass sich alle dort versammeln. In etwa fünfzehn Minuten. Ich werde dann das Geheimnis auflösen, das auf diesem Haus lastet.«

Nadine wich vor ihm zurück, als hätte er einen Fluch über sie verhängt. Sie wandte sich zur Treppe und lief eilig hinauf.

Fulton sah auf die Uhr. Es gab vorher noch einiges für ihn zu erledigen. Sein Weg führte in durch den Korridor im Erdgeschoss. Vor Conways Zimmertür blieb er stehen.

***

Im Haus über dem Kanal war es nahezu gespenstisch ruhig. Im Salon des Erdgeschosses herrschte eine eisige Atmosphäre unter den Anwesenden. Sie alle warteten, bis Fulton den Raum würdevoll betrat und die Tür hinter sich schloss.

Er blieb für eine Weile am Eingang stehen und ließ seinen Blick in die Runde schweifen.

Lady Agnes saß bleich und mit aufgestütztem Kopf in einem Sessel. Ihre Tochter Nadine auf einem Stuhl direkt neben ihr. Auf der gegenüberliegenden Seite hatten Sparks und Thurston Platz genommen.

In der Mitte stand ein Couchtisch, auf den Fulton nach einer Weile des Schweigens zusteuerte. Demonstrativ legte er den großen braunen Umschlag, den er unter seinem Arm getragen hatte, darauf ab und trat einen Schritt zurück, um allen den Blick darauf zu ermöglichen. Dann straffte er sich und nickte den anderen zu.

»Ich danke Ihnen, dass Sie alle meiner Bitte gefolgt sind und sich hier im Salon versammelt haben. Ich habe Ihnen etwas sehr Wichtiges mitzuteilen und muss gleich mit zwei sehr schlechten Neuigkeiten beginnen. Die erste: Vor noch nicht einmal einer Stunde ist der Diener Martin Conway hinterrücks erschossen worden. Und daraus ergibt sich, dass ich nun mit Sicherheit weiß, dass Lord Holmbury nicht das Opfer eines bedauerlichen Unfalls war, sondern kaltblütig und von langer Hand vorbereitet ermordet wurde.«

Fulton legte eine Pause ein, in der er die Anwesenden mit seinen Blicken fixierte.

»Das ist eine ungeheure Anschuldigung, Mr. Fulton«, meldete sich schließlich Sparks zu Wort. »Ich hoffe, dass Sie ausreichend Beweise für diese fantastische Theorie haben.«

Fulton winkte ab. »Zu diesem Punkt komme ich selbstverständlich, Mr. Sparks. Aber Sie werden sich bis dahin noch ein wenig gedulden müssen. Ich möchte meinen Erklärungen voranstellen, dass ich diese Situation alles andere als angenehm empfinde. Aber sie sind notwendig, damit Sie alle einsehen, dass einer von uns im Anschluss daran die Polizei benachrichtigen muss. Ich muss zu meiner Schande gestehen, dass ich schon bei meiner Ankunft Zeuge einiger seltsamer Ereignisse geworden bin, es aber als Gast des Hauses nicht für zwingend notwendig befand, einzuschreiten. Vielleicht hätte ich im anderen Fall einen zweiten Mord verhindern können.«

Nadine Holmbury sah Fulton ernst an. »Bitte fahren Sie fort, Mr. Fulton. Ich denke, wir alle hier möchten wissen, was sich wirklich abgespielt hat.«

Fulton wiegte den Kopf hin und her. »Schön«, sagte er und verschränkte die Arme vor der Brust. »Die seltsamen Ereignisse, von denen ich eben sprach, nahmen ihren Anfang bereits gestern Abend auf der Fähre. Dort machte ich die Bekanntschaft eines Mannes, den ich kurz nach unserer Ankunft auf dieser Seite des Kanals noch einmal sah, bevor ich ihn aus den Augen verlor. Er nahm zu Fuß den Weg am Kanal entlang, der, wie Sie alle wissen, unterhalb dieses Anwesens vorbeiführt. Ich hatte gestern bereits den unbestimmten Verdacht, dass der Fremde und ich das gleiche

Ziel hatten, doch leider fragte ich ihn nicht danach. Viele Ungereimtheiten wären mir dadurch erspart geblieben.

Als der mir angekündigte Wagen Lord Holmburys nicht erschien, folgte ich dem Anderen und wurde kurze Zeit später mehr oder weniger Zeuge, wie der Mann umgebracht wurde. Leider war der Nebel gestern Abend so dicht, dass ich weder das Opfer noch den Täter erkennen konnte. Aber ich fand dies hier direkt am Tatort.«

Fulton zog das silberne Feuerzeug aus der Tasche und stellte es ebenfalls auf den Tisch.

»Sie denken, dass es dem Fremden gehört?« fragte Sparks verächtlich. »Woher wollen Sie das wissen?«

Fulton lächelte kalt. »Weil er mir selbst noch auf der Fähre daraus Feuer gegeben hat. Und Sie alle werden zugeben, dass es sich um ein besonders auffälliges Feuerzeug handelt. Mein Fehler war, dass ich es erst sehr spät genauer betrachtet habe. Aber dazu später mehr. Wie bereits erwähnt, war der Mann tot, als ich den Tatort erreichte. Ich hörte, wie sein Körper in den Kanal fiel.« »Aber wer hat ihn umgebracht?«, fragte Nadine nervös. »Der Fremde wurde von Martin Conway getötet.« Für einige Sekunden sprach niemand.

»Das ist ja absurd«, sagte Lady Agnes in die Stille hinein. »Warum hätte Martin etwas Derartiges tun sollen?«

Fulton drehte den Kopf in ihre Richtung. »Oh, er tat es nicht aus eigenem Antrieb, Mylady. Er erhielt dazu den Auftrag. Conway kannte den Mann nicht, den er umbringen sollte. Und genau da beginnt das Rätsel, das mich lange Zeit beschäftigt hat. Erst heute Morgen gelang es mir, die Einzelheiten so zu ordnen, dass sie einen Sinn ergeben.«

»Wollen Sie damit sagen, dass Martin den Auftrag zum Mord von meinem Vater erhielt?« fragte Nadine entsetzt. »Ist Martin deswegen gestern Abend zum Kanal hinunter gegangen?«

»Ja«, antwortete Fulton knapp. »Lord Holmbury wies seinen ihm treu ergebenen Diener an, den Mann zu töten, der sein Kommen auf sehr ungewöhnliche Art und Weise angekündigt hat.«

An dieser Stelle zog Fulton die zusammengerollte Zeitung aus seiner Jackentasche. »Ja«, bekräftigte er noch einmal, »Lord Holmbury erwartete neben meiner Wenigkeit gestern Abend noch einen weiteren Gast. Ich darf Ihnen eine kurze Annonce aus der Times vorlesen, die Lord Holmbury in seinem Schreibtisch aufbewahrte. Sie ist drei Tage alt und lautet: *In der zwölften Nacht des Achten, bringt das Wasser gute*

Frachten. Zeig' den Schlüssel mir zum Turm; erobern will ich ihn im Sturm. Es ist ein erbärmlicher Reim, wirklich nicht besonders gut.«

Nadine schüttelte den Kopf. »Das verstehe ich nicht, Mr. Fulton. Was hat es mit dieser Anzeige auf sich? Warum hat Vater sie aufgehoben?«

»Die Anzeige war eine Botschaft, Miss Nadine. Und zwar eine Botschaft von außerhalb an jemanden, der sich hier im Haus aufhält. Legen wir aber erst einmal unser Augenmerk auf den Wortlaut dieser Anzeige: *In der zwölften Nacht des Achten.* Nun, das ist relativ einfach. Wir können wohl als sicher annehmen, dass damit das Datum gemeint ist und heute schreiben wir den 12. August. *Bringt das Wasser gute Frachten.* Hier habe ich in der Tat etwas gegrübelt, bin dann aber zu dem Schluss gekommen, dass damit nur die Überquerung des Hastings-Kanals mit der Fähre gemeint sein kann. Jemand kündigt also für die Nacht zum 12. August seine Ankunft mit der Fähre an.« »Und was soll mit dem Rest des Textes gemeint sein?« fragte Thurston, der Fulton gebannt lauschte.

Der Schriftsteller begegnete seinem Blick. »*Zeig' den Schlüssel mir zum Turm; erobern will ich ihn im Sturm*«, zitierte er. »Nun, es dürfte wohl klar sein, dass damit einer der beiden Türme dieses Hauses gemeint ist. Wie allgemein bekannt ist, verfügt jeder Turm über einen eigenen Eingang. Dieser ist jedoch für gewöhnlich von innen verschlossen. Der letzte Teil der Nachricht ist somit die Aufforderung unseres Unbekannten an jemanden hier im Haus, dafür Sorge zu tragen, dass er den Turm bei seiner Ankunft entweder unverschlossen vorfindet oder aber den Schlüssel erhält, um sich notfalls selbst Zutritt zu verschaffen.«

»Aber warum denn, um Himmels Willen?« platzte Sparks dazwischen. Sein Kopf zeigte eine leichte Rötung.

»Um den lange geplanten Mord an Lord Holmbury durchzuführen, selbstverständlich«, erklärte Fulton und legte eine Pause ein. Die Anwesenden ließen diese Information wirken. Für einen Moment war nur der Wind zu hören, der um das Gebäude strich. Lady Agnes setzte sich im Sessel gerade. Sie sah Fulton ernst an. »Und für wen in diesem Haus war diese Zeitungsbotschaft Ihrer Meinung nach bestimmt?«

»Für Sie, Mylady«, gab Fulton zurück.

Die Köpfe der Anwesenden ruckten herum. Fulton hörte, wie Sparks die Luft einsog, Thurston blickte fragend hin und her und Nadine riss ungläubig die Augen auf.

Lady Agnes saß kerzengerade in ihrem Sessel. Ihr Gesicht hatte einen versteinerten Ausdruck angenommen. »Diese Behauptung werden Sie näher erklären müssen«, sagte sie leise.

Fulton rieb sich über das Kinn. »Natürlich, Mylady. Sehen Sie, ich hatte gestern Abend Gelegenheit, mich mit Miss Nadine zu unterhalten. Und während dieses Gespräches machte sie eine Bemerkung, die sich auf seltsame Weise in meinem Kopf verfing.«

Fulton wandte sich direkt an Nadine. »Wir sprachen gestern über ihr Leben in diesem Haus. Sie sagten mir, dass Sie sich manchmal wie eine Gefangene fühlen. Nur zweimal im Jahr haben Sie die Möglichkeit, nach Brighton zu fahren, ohne Lord Holmbury wohlgemerkt. Und dann sagten Sie etwas, das meine Aufmerksamkeit erregte. Sie erwähnten nämlich, dass es in Brighton keine Männer in Ihrem Alter gäbe. Ich fragte mich in dem Augenblick insgeheim, ob dies auch für Ihre Frau Mutter zutraf. Oder ob sie nicht vielleicht die wenigen Aufenthalte dazu genutzt haben mochte, um neue Bekanntschaften zu schließen, weil es ihr in diesem Hause ebenso erging wie Ihnen. Ich denke, niemand hier würde Lady Agnes daraus einen Vorwurf machen, wenn man diese

Umstände berücksichtigt. Dann plötzlich starb Lord Holmbury unter, wie ich im Gegensatz zu der hiesigen Polizei finde, merkwürden Umständen. Und da fragte ich mich, ob nicht vielleicht in ebendieser möglichen neuen Bekanntschaft von Lady Agnes der Grund für den Tod von Lord Holmbury zu suchen ist. Bitte verzeihen Sie mir meine Offenheit, Lady Agnes.« Sparks schnaufte plötzlich wütend. »Das ist wohl weniger eine Frage der Offenheit, Mr. Fulton. Das was Sie hier vorbringen ist eindeutig unverschämt.« Der Verwalter wollte sich aus seinem Sessel erheben, doch Fulton bedeutete ihm, Platz zu behalten.

»Ich stelle mir das Ganze so vor«, fuhr der Schriftsteller fort. »Lady Agnes verliebte sich während einer der Ferienaufenthalte in einen anderen Mann. Und dieser erwiderte ihre Gefühle. Irgendwann reichten ihnen die wenigen Augenblicke in Brighton nicht mehr aus und ich bin sicher, dass in diesem Moment der Plan gefasst wurde, Lord Holmbury zu beseitigen. Doch Lady Agnes ist trotz ihrer Erscheinung und ihres Auftretens eher eine scheue, ja manchmal sogar verängstigte Person. Sie konnte diese Aufgabe unmöglich selbst übernehmen. Und so sprang ihr Liebhaber, wir wollen ihn vorerst Mr. X nennen, für sie ein.

Und damit kommen wir zu der Frage, wann und wie der Mord an Lord Holmbury verübt wurde. Hier kommt zunächst die seltsame Abneigung des Lords gegen Telefonapparate zum Tragen. Es war zur Durchführung des Planes aber unbedingt notwendig, dass Mr. X Kontat zu Lady Agnes aufnahm. So kam er auf die Idee mit dem Zeitungsinserat unter den verschlüsselten Botschaften der Times. Er kündigte darin sein Kommen an und Lady Agnes hatte zunächst nichts weiter zu tun, als dafür Sorge zu tragen, dass er freien Zutritt zum Turm hatte. Doch Sie hatten Pech. Lord Holmbury musste bereits zu einem früheren Zeitpunkt Verdacht geschöpft haben, dass seine Frau dabei war, ihn zu verlassen oder gar Schlimmeres. Nur so ist zu erklären, dass er die Annonce markierte und die Zeitung in seinem Schreibtisch aufbewahrte. Und es erklärt auch sein Verhalten am 11. August. Sehen Sie, er wusste, dass an diesem Tag jemand kommen würde und dass dieser Jemand vermutlich nicht in friedlicher Absicht kam. So erteilte Lord Holmbury seinem treuen Diener Conway den Auftrag, diesen unliebsamen Gast abzufangen und zu beseitigen. Wenn möglich sogar für immer. Und Conway handelte. Er führte seinen Auftrag ordnungsgemäß aus.«

An dieser Stelle wurde Fulton von Nadine unterbrochen. »Hier kann etwas nicht stimmen, Mr. Fulton«, sagte sie mit kalter Stimme. »Wenn Martin den Mann ausschaltete, wie erklären Sie sich dann die Tatsache, dass Vater trotzdem in der vergangenen Nacht ermordet wurde? Meine Mutter kann es nicht gewesen sein, denn kurz nachdem ich letzte Nacht den Aufprall aus Vaters Zimmer hörte, suchte ich Mutter und traf sie schließlich in Ihrem Zimmer an, Mr. Fulton. Sie selbst haben dort mit ihr gesprochen.«

Fulton suchte ihren Blick, der voll war von Zweifeln und Angst. »Sie haben natürlich Recht, Miss Nadine. Ihre Mutter ist es nicht gewesen. Nein, an dieser Stelle trat ein unerwarteter Umstand ein. Als ich sagte, dass Conway seinen Auftrag ausführte, so meinte ich damit, dass er tatsächlich letzte Nacht einen Mann umgebracht hat. Doch es ereignete sich ein folgenschweres Missverständnis. Mit anderen Worten: Conway hat den falschen Mann erwischt. Denn weder der Lord noch Conway selbst hatten eine Ahnung, wie unser Mr. X aussieht. Alles was sie wussten, war der Tag, an dem er hier eintreffen würde und die Vermutung, dass er sich nicht am hellichten Tag hertrauen würde. Und so tötete Conway den Fremden, der mit der gleichen Fähre hier eintraf wie ich. Unser Mr. X hingegen musste bereits eine frühere Verbindung genommen und sich solange versteckt gehalten haben, bis er seine Zeit für gekommen hielt.«

»Und wie soll dieser angebliche Mord Ihrer Meinung nach verübt worden sein?« meldete sich Sparks erneut zu Wort. »Wir haben doch gehört, wie uns Inspektor Aitken die Fakten auseinander gesetzt hat. Lord Holmburys Zimmer war von innen abgeschlossen, die Kabine des Fahrstuhls war leer und befand sich im oberen Stock. Es konnte also niemand zu ihm hinein.«

Fulton hob den Zeigefinger und tippte damit in die Luft. »Das ist genau das, was wir alle sehen und glauben sollten, Mr. Sparks. Aber es gibt da einen Umstand, der mir erst heute Morgen bewusst wurde. Er hat mit dem Fahrstuhl zu tun. Rufen wir uns die gestrigen Ereignisse noch einmal in Erinnerung. Wir haben zusammen im ersten Stock zu Abend gegessen. Danach verabschiedete ich mich, um das Manuskript zu studieren. Lord Holmbury zog sich nach dem Essen ebenfalls in sein Zimmer zurück und blieb dort. Die Kabine des Aufzuges befand sich in diesem Augenblick im ersten Stock. Das weiß ich deswegen sicher, weil ich zu diesem Zeitpunkt das Summen des Aufzuges nicht vernommen habe. Und es ist zugegebenerweise im ganzen Haus zu hören. Das Geräusch wäre mir als Fremden also aufgefallen. Betrachten wir nun, was sich als Nächstes abgespielt haben muss. Die Durchführung des Mordplans setzte nun ein. Während sich alle Anwesenden nach und nach in ihre Räume zurück zogen und es gegen Mitternacht ging, verließ Mr. X sein Versteck und betrat das Haus durch den Ostturm, den Lady Agnes planmäßig aufgeschlossen hatte, nachdem Conway mit seiner abendlichen Runde fertig war. Mr. X schlich durch das ruhige Haus die Treppe in den ersten Stock hinauf. Das war ein Risiko, dass er eingehen musste, wenn er nicht zuviele Geräusche im Haus erzeugen wollte. Wir dürfen wohl annehmen, dass Lady Agnes ihn vorab mit ausreichenden Informationen zum Haus versorgt hatte, so dass es unserem Mr. X mühelos möglich war, sich zurecht zu finden. Er begab sich direkt zum Zimmer des Lords. Entweder fand er die Tür unverschlossen vor und betrat den Raum sofort oder aber er klopfte leise an und wartete, bis Holmbury selbst ihm öffnete.« »Warum hätte Vater so etwas tun sollen?« fragte Nadine energisch.

Fulton lächelte milde. »Mr. X hätte ganz einfach seine Stimme verstellen können. Er wusste, wer sich im Haus aufhielt, so hätte er sich für jemand anderes ausgeben können. Durch die dicke Holztür wäre nicht viel mehr gedrungen als ein undefinierbares Gemurmel. Und als Mr. X erst einmal das Zimmer betreten hatte, bedeutete es für ihn keine Schwierigkeit, den alten Mann im Rollstuhl zu überwältigen. Er packte ihn, zog ihn aus seinem Stuhl und zerschmetterte seinen Kopf am Sockel des Kamins. Dann schlich er zur Zimmertür hinüber und schloss ab.«

In die entstehende Pause meldete sich Nadine. »Und was ist anschließend passiert? Wenn es sich tatsächlich so abgespielt hat, wie Sie sagen, dann hätte sich der Mörder selbst im Zimmer eingesperrt.«

»Ja«, räumte Fulton ein. »Für einen Moment lang hat er das tatsächlich getan. Doch nun setzte der zweite Teil des Plans ein. Der Mörder musste das Zimmer verlassen. Und das ging nur über den Aufzug. Sie selbst, Miss Nadine, erklärten mir heute Morgen, dass der Fahrstuhl mit einem Notfallsystem ausgestattet ist. Mittels einer Kurbel, die sich im Erdgeschoss des Ostturms befindet, kann die Kabine aus dem oberen Geschoss herunterbefördert werden. Die Gegengewichte sorgen dafür, dass dies ohne größere Anstrengungen praktisch von jedermann bewältigt werden kann. «

»Aber dazu hätte der Mörder Hilfe benötigt«, wandte Thurston ein, der mit Sparks einen vielsagenden Blick tauschte.

Fulton nickte. »Hier wiederum kam Lady Agnes wieder ins Spiel. Wenden wir uns nun für einen Moment ganz ihr zu. Nachdem alle Bewohner des Hauses zur Ruhe gekommen sind, versteckt sie sich in einem der unteren Räume, die, wie wir wissen, nicht bewohnt sind. Hier ist sie vor einer Entdeckung durch einen der anderen Hausbewohner relativ sicher. Die nächste Zeit verbringt sie mit Warten. Warten auf ein ganz bestimmtes Signal. Vielleicht ein leises Klopfen im Aufzugsschacht. Ein unauffälliges Geräusch, das jeder hier überhört hätte. Nicht jedoch jemand, der auf genau dieses Zeichen wartet. Als es soweit ist, eilt Lady Agnes aus ihrem Versteck, das genau an den Schacht grenzt und lässt die Kabine herunter, in der sich nun Mr. X befindet. Den beiden Liebenden bleibt jedoch nicht viel Zeit, denn nun gilt es, Lady Agnes ein Alibi zu verschaffen. Eine Maßnahme, die sich die beiden rein vorsorglich ausgedacht haben, um jedes Risiko auszuschließen. Lady Agnes eilt nun also in den Westflügel hinüber, betritt mein Zimmer und verwickelt mich in ein Gespräch. Währenddessen ist das Summen des

Aufzuges zu hören, der nach oben fährt und von Mr. X betätigt wurde. Und hier kommen wir an einen kritischen Punkt, der mir gleich hätte auffallen müssen. In dem Moment fragte ich Sie, Lady Agnes, was es mit diesem Geräusch auf sich hat. Und Sie erklärten mir, dass Lord Holmbury den Aufzug benutzt, um aus seinem Zimmer hinunter oder wieder hinauf zu gelangen. Da das Summen in dieser Nacht nur einmal zu hören war, nahmen wir alle an, Lord Holmbury sei mit dem Aufzug hinauf in sein Zimmer gefahren und wäre dort kurz darauf tödlich verunglückt. Wir alle mussten dies ja annehmen, denn die Kabine befand sich im oberen Geschoss, als der Lord starb. Für Sie alle, die in diesem Haus leben, ist dieses Summen wahrscheinlich schon zur Gewohnheit geworden, wie beispielsweise das Schlagen einer Uhr, das man nach einer gewissen Zeit gar nicht mehr wahrnimmt. Niemand von Ihnen hätte also mit Bestimmtheit sagen können, wann der Lord zuvor mit dem Aufzug nach unten gefahren ist. So fiel Ihnen dieser Umstand nicht auf. Aber mir - mir hätte er wesentlich früher auffallen müssen. Mit anderen Worten: Wenn der Lord mit dem Aufzug nach oben gefahren ist, wie wir alle glauben sollten, dann muss er zwangsläufig zuvor hinunter gefahren sein. Und ebendiese

Fahrt hat nie stattgefunden. Der Lord hat sein Zimmer nie verlassen. Der Aufzug wurde nur von Lady Agnes und Mr. X bedient.«

Nadine schüttelte den Kopf. In ihren Augen schimmerten Tränen. »Aber warum das alles?« fragte sie mit erstickter Stimme. »Warum dieser Aufwand?«

»Die Geschichte des Mordes an Lord Holmbury ist noch nicht ganz zu Ende«, erklärte Fulton sanft. »Werfen wir zusammen einen Blick auf die Dinge, die sich danach ereigneten. Stellen Sie es sich vor: Lady Agnes spricht mit mir in meinem Zimmer und verschafft sich nebenbei ihr Alibi. Plötzlich ertönt im Ostflügel, in dem sich das Zimmer des Lords befindet, ein dumpfer Aufprall. Dieser wird von Ihnen, Miss Nadine, gehört. Und ich wage die Behauptung, dass er eigens zu diesem Zweck inszeniert wurde. Um uns über die Tatzeit zu täuschen. Denn als der Aufprall erfolgte, war Lord Holmbury bereits seit einigen Minuten tot. Miss Nadine, die sich hier unten im Salon befand, eilte nach oben. Natürlich musste sie vermuten, dass der Aufprall aus dem Zimmer ihres Vaters gekommen war, denn immerhin ist dieses der einzig bewohnte Raum in diesem Teil des Hauses. Tatsächlich aber befand sich Mr. X im Nebenzimmer, von wo aus er das

Geräusch erzeugte. Jemand, der sich hier unten im Salon aufhielt, würde unmöglich unterscheiden können, ob ein solches Geräusch seinen Ursprung in Lord Holmburys Raum oder im Zimmer nebenan hatte. Nadine klopfte an die Tür, doch sie erhielt keine Antwort von ihrem Vater. Sie machte sich auf die Suche nach ihrer Mutter und fand sie, in ein Gespräch vertieft, in meinem Zimmer. Und während sich nun die Aufmerksamkeit auf den anderen Flügel des Hauses konzentrierte, kam Mr. X aus seinem Versteck, schlich die dunkle Treppe ins Erdgeschoss hinunter und verließ das Haus auf dem Weg, über den er zuvor auch hineingelangt war: durch den Ostturm. Lady Agnes musste nun nichts weiter tun, als die Tür des Turmes in einem unbeobachteten Moment wieder von innen abzuschließen. Das, meine Damen und Herren, ist die Geschichte des Mordes an Lord Holmbury.«

»Ich habe einen Punkt gefunden, der Ihre Geschichte in Frage stellt«, sagte Thurston nach einer Weile. »Sie haben uns sehr anschaulich von dem Aufprallgeräusch berichtet, das, wie Sie es darstellten, nach dem Tod von Lord Holmbury eigens durch den Mörder inszeniert wurde. Was aber ist mit dem tatsächlichen Todesmoment? Der Augenblick, als Lord

Holmbury mit dem Kopf auf den Kaminsockel prallte? Das hätte man doch ebenfalls hier im Hause hören müssen.«

Fulton sah den Anderen nachdenklich an. »Das ist ein berechtigter Einwand«, sagte er schließlich. »Aber sehen Sie, wenn ein nicht allzu harter Gegenstand, in diesem Fall ein menschlicher Schädel, auf den steinernen Sockel eines Kamins prallt, verursacht dies kein besonders lautes Geräusch. Ein menschlicher Körper hingegen, der der Länge nach auf dem Holzboden aufschlägt, allerdings schon. Mr. X imitierte genau dieses Geräusch, indem er sich möglicherweise selbst im Nebenzimmer zu Boden fallen ließ.«

Fulton sah die Schweigenden der Reihe nach an und ging einige Schritte vor ihnen auf und ab. »Dies war der Plan, der nahezu perfekt durchgeführt wurde. Selbst ich bin über das eine oder andere Verdachtsmoment nicht gestolpert. Jetzt aber begann die Sache salopp gesagt aus dem Ruder zu laufen. Denn ich begann damit, Fragen zu stellen. Vor allem befragte ich Conway danach, was er abends am Kanal zu suchen hatte. Ich verdächtigte ihn, den Mann von der Fähre umgebracht zu haben. Doch noch ehe ich die Wahrheit aus ihm herausbringen konnte, wurde Conway vom Mörder erschossen. Ich gehe davon aus, dass auch hier wiederum Mr.

X eingesprungen ist, der sich die ganze Zeit über hier auf dem Anwesen aufhielt und nicht riskieren konnte, dass ich von Conway die Wahrheit erfuhr. Und dabei versuchte er, mich in einer sehr theatralischen Geste in die Irre zu führen. Er hatte sich nämlich den Mantel und den Hut des Fremden angeeignet, dessen Leiche Conway noch in der letzten Nacht aus dem Kanal gefischt hat, um nicht Gefahr zu laufen, dass sie unten an der Schleuse von Stroker's Mill wieder auftaucht. Es war ein mehr als albernes Ablenkungsmanöver, durch das ich offenbar glauben sollte, der Fremde sei noch am Leben und vielleicht sogar für den Tod von Lord Holmbury verantwortlich.«

Nadine erhob sich von ihrem Stuhl. Sie war inzwischen beinahe genauso blass wie ihre Mutter. »Mr. Fulton, ich denke es ist an der Zeit, dass Sie uns endlich die Identität dieses Mr. X verraten. Ich muss gestehen, dass ich dieses Pseudonym wenig geschmackvoll finde.«

Fulton sah die junge Frau verständnisvoll an. »Wenn Sie gestatten, fange ich mit der Identität des Fremden an. Das bringt uns dann zum wahren Ich von Mr. X.« Fulton wartete Nadines Zustimmung ab, bevor er fortfuhr. »Ich sprach vorhin davon, dass Conway ein tragischer Fehler unterlaufen ist und dass er den falschen Mann traf. Der Mann von der Fähre war niemand anderes als Wilbur Thurston, der Antiquitätenhändler, der von Lord Holmbury eigentlich erst am heutigen Tag erwartet wurde. Aus einem vermutlich nur ihm bekannten Umstand, möglicherweise ein menschliches Versehen innerhalb des Briefwechsels zwischen ihm und Lord Holmbury, reiste Thurston bereits einen Tag früher an. Diese Tatsache kostete ihn das Leben. Es muss jedoch außer mir noch einen weiteren Zeugen für den Mord an Thurston gegeben haben. Nämlich unseren Mr. X, der sich ja bereits auf dem Anwesen Holmburys aufhielt. Vielleicht war auch er neugierig, was Conway in der Dunkelheit am Kanal zu suchen hatte und folgte ihm. Und da es sich bei Mr. X um einen besonders cleveren Burschen handelt, schlüpfte er kurzerhand in die Rolle des Opfers, als er erkannte, dass ihm dies zum Vorteil gereichen konnte. Über alle anderen Informationen hatte ihn ja Lady Agnes per Brief auf dem Laufenden gehalten. So wusste er, dass Lord Holmbury beabsichtigte, sich dieses Manuskript anzueignen und er wusste vom anstehenden Besuch des Antiquitätenhändlers. Warum aber kam ihm der spontane Gedanke, in dessen Rolle zu schlüpfen? Natürlich um Conway in Sicherheit zu wiegen.

Conway, den Auftragsmörder, der sicher Verdacht geschöpft hätte, wenn der Antiquitätenhändler nicht spätestens am nächsten Morgen aufgetaucht wäre. Denn dann wäre er vielleicht von selbst darauf gekommen, dass er den Falschen erwischt hat. Außerdem bot sich Mr. X so die Gelegenheit, ganz offiziell Lady Holmbury in ihren schweren Stunden beizustehen. Der neu gefasste Plan war, als falscher Thurston hier aufzutauchen, den Verkauf des Manuskripts auszuhandeln und danach möglichst schnell wieder abzureisen. Ich vermute, danach hätte er nochmals all seinen Charme spielen lassen, um Lady Agnes dazu zu überreden, das Anwesen hier so schnell wie möglich zu verkaufen, um sich dann mit ihm zusammen ins Ausland abzusetzen. Sie haben mich nach der Identität von Mr. X gefragt, Nadine? Bittesehr, hier ist er, mitten unter uns. Ich kenne zwar seinen richtigen Namen nicht, aber im Augenblick gibt er sich als Mr. Thurston aus. Er ist der Mörder Ihres Vaters.«

Alle Anwesenden reagierten in vollkommen unterschiedlicher Weise auf diese Enthüllung. Der Beschuldigte blieb gelassen und sah Fulton gleichgültig lächelnd an.

Sparks blickte mit zusammengekniffenen Augen zum falschen Thurston hinüber. Seine Hände schlossen und öffneten sich unentwegt.

Nadine stand unschlüssig im Raum und starrte auf den Mann im Sessel vor ihr.

Lady Agnes Holmbury saß nach wie vor regungslos da. Kein Wort drang über ihre Lippen.

»Ich muss schon sagen, das ist eine wahrhaft abenteuerliche Geschichte, die Sie uns da auftischen wollen«, durchbrach Thurston schließlich die Stille. »Ich glaube nicht, dass ich mir das länger anhören muss. Ich möchte mich jetzt empfehlen, wenn Sie gestatten. Sofern Sie das Manuskript nicht binnen drei Tagen an meine Londoner Adresse senden, erlaube ich mir, Ihnen die Rechnung dafür zuzusenden. Guten Tag.«

Thurston erhob sich aus seinem Sessel. Er wollte sich zur Tür wenden, doch Fulton vertrat ihm den Weg.

»Tut mir leid, Thurston oder wie immer Sie heißen. Ich kann Sie nicht gehen lassen, bevor die Polizei eingetroffen ist.«

Der Andere versuchte sich loszureißen. »Wollen Sie dem Inspektor vielleicht auch diesen Unsinn auftischen? Lassen Sie mich los oder Sie werden es bereuen!«

»Es hat keinen Sinn mehr, Michael«, ertönte mit einem Mal eine Stimme hinter ihnen. Es war Lady Agnes, die sich nun ebenfalls erhoben hatte. Ihre Stimme hatte sie zu einem Flüstern gesenkt, doch jeder im Raum hatte sie gehört.

Die Augen des falschen Thurston weiteten sich, als sein richtiger Vorname ausgesprochen worden war. Er begann, schneller zu atmen. »Nein«, flüsterte er plötzlich. »Agnes. Es kann doch nicht alles umsonst gewesen sein.«

Lady Holmbury ließ ihn stehen und wandte sich stattdessen an ihre Tocher. »Es tut mir so leid, Nadine. Ich wollte es nicht. Es war seine Idee.« Sie deutete auf den falschen Thurston. »Sein Name ist Michael Broade und Mr. Fulton hat vollkommen Recht. Wir haben uns in Brighton kennengelernt. Und er hat meine Einsamkeit ausgenutzt. Er war es, der den Plan zu dem Mord fasste und begann, mich damit unter Druck zu setzen. Ich ... es tut mir leid.«

Plötzlich sackte sie zusammen und wäre zu Boden gestürzt, wenn Sparks nicht geistesgegenwärtig aufgesprungen und sie aufgefangen hätte. Behutsam ließ er sie in den Sessel zurücksinken. Michael Broade versetzte Fulton einen Hieb in den Magen und befreite sich aus dessen Griff.

Fulton keuchte und taumelte zwei Schritte zurück.

Der Andere stürmte aus dem Salon. Sie hörten, wie seine Absätze auf den Boden in der Halle hämmerten. Dann schlug eine Tür zu.

»Um Himmels Willen, Fulton, er entkommt«, rief Sparks.

Der Schriftsteller rang noch immer nach Luft. Mühsam bog er seinen Körper gerade. »Ich habe vorhin die Gelegenheit genutzt, um seinen Wagen zu manipulieren. Und den Schlüssel zu Lord Holmburys Bentley habe ich. Mr. Sparks, wollen Sie bitte damit in den Ort fahren und Inspektor Aitken verständigen? Er soll unverzüglich eine Fahndung nach Michael Broade einleiten.«

***

Zwei Tage später hielt Fulton die Zeit für gekommen, sich von den verbliebenen Bewohnern des Hauses zu verabschieden. Nachdem Lady Holmbury von Aitken verhaftet worden war, herrschte im Haus eine beklemmende Stimmung.

Er traf im Salon auf Nadine und Sparks.

»Wollen Sie es sich nicht überlegen und noch ein paar Tage bleiben, Mr. Fulton?« fragte Nadine. Es gelang ihr, ein glaubwürdiges Lächeln auf ihr hübsches Gesicht zu zaubern.

Fulton zollte der jungen Frau innerlich seinen Respekt. »Vielen Dank, Miss Nadine, aber ich weiß, wann es für mich nichts mehr zu tun gibt und wann man sich besser zurückziehen sollte. Wie Inspektor Aitken heute Morgen gemeldet hat, wurde Michael Broade, bei dem Versuch einen Zug nach Schottland zu besteigen, gefasst. Es besteht somit keine Gefahr mehr, dass er möglicherweise hierher zurückkehren könnte.«

Sparks stellte seine Tasse Kaffee ab, die er stehend getrunken hatte. »Ich muss schon sagen, das war eine Meisterleistung von Ihnen, Fulton. Ich wäre nie im Leben darauf gekommen, dass Holmbury nicht eines natürlichen Todes gestorben wäre. Aber sagen Sie, wie hätten Sie diesem Broade eigentlich den Mord nachweisen wollen?«

Fulton lächelte. »Ich muss gestehen, dass ich keinerlei Beweise für meine Theorien hatte. Außer dem Feuerzeug hier, das im Deckel die Initialen W. T. trägt und dem echten Wilbur Thurston gehörte. Ich hätte den Rest der Angelegenheit ohnehin der Polizei anvertraut. Bei der ersten Prüfung von Broades wirklicher Identität wäre sein Kartenhaus zusammengebrochen. Mein Glück war, dass er so sehr an das Funktionieren seines Plans geglaubt hat, dass er sogar selbst hier auftauchte.«

Sparks lachte bellend auf. »Der berühmte Fehler, den jeder Verbrecher begeht, nicht wahr?«

Fulton wandte sich Nadine zu. »Ich bedanke mich bei Ihnen für Ihre Gastfreundschaft. Zum Abschied möchte ich Ihnen das hier überlassen. Sie sollten es zusammen mit Sparks zurück in das Geschäft von Thurston bringen. Sicher gibt es dort Angehörige, die seinen Nachlass regeln.«

Nadine nahm den Umschlag, der das Collins-Manuskript enthielt, mit fragendem Gesichtsausdruck entgegen. »Wie gut, dass Sie es in Conways Zimmer wiedergefunden haben. Und ist es tatsächlich die 50.000 Pfund wert, von denen die Rede war?« Fulton sah sie verschmitzt an. »Nun, mit diesen alten Büchern ist es wie mit gut gepflegten und seltenen Bentleys, Miss Nadine. Je älter sie werden, desto mehr steigen sie im Wert.«

- ENDE -

Der Autor: Marc Freund

Marc Freund wurde am 06. April 1972 in Flensburg geboren. Bereits in jungen Jahren entdeckte er seine Vorliebe für spannende Geschichten und begann kurze Zeit darauf, eigene Storys zu Papier zu bringen. Dabei handelt es sich hauptsächlich um Kriminalromane, aber auch um Geschichten, die der phantastischen Literatur zuzuordnen sind. Zu seinen bisherigen Veröffentlichungen zählen Hörbücher, Storys, Kurzgeschichten und Gedichte. Marc Freund lebt mit seiner Frau und drei Kindern in der Nähe von Flensburg.

Veröffentlichungen:

- 1989: „Das Wirtshaus zum Tod“ (Die Horror-Story der Woche) in Band 118 (3. Auflage) der Reihe „Geisterjäger John Sinclair“ aus dem Bastei-Verlag
- 2002: „Fortgenommen“ (Gedicht) im Band „Ausgewählte Werke V“, Nationalbibliothek des deutschsprachigen Gedichtes, Realis-Verlags GmbH (ISBN 3-930048-40-X)
- 2003: „Späte Reue“ (Gedicht) im Band „Ausgewählte Werke VI“, Nationalbibliothek des deutschsprachigen Gedichtes, Realis-Verlags GmbH (ISBN 3-930048-442)

- 2009: „Über ihnen schwebte der Tod“ / Veröffentlichung im offiziellen deutschen Edgar Wallace-Forum als Beitrag zum ersten Edgar Wallace-Schreibwettbewerb. Platzierung: 1. Platz
- 2010: „Über ihnen schwebte der Tod“ (Story) als Hörbuch im Verlag HMS Audio Entertainment (Erscheinungstermin: 01.02.2010).
- 2010: „Tief in mir wohnt die Liebe“ (Story) Beitrag einer Ausschreibung im vss-Verlag. Platzierung: 6. Platz. Veröffentlichung in der Ausgabe „Loving Aliens“ im vss-Verlag (geplanter Erscheinungstermin: Frühjahr 2010).
- 2010: „Gefährliches Dunkel“ / Veröffentlichung im offiziellen deutschen Edgar Wallace-Forum als Beitrag zum zweiten Edgar Wallace-Schreibwettbewerb. Platzierung: 2. Platz
- 2010: „Straße ins Nichts“ (Story) Beitrag einer Ausschreibung im vss-Verlag. Platzierung: 2. Platz. Veröffentlichung in der Ausgabe „Parallelwelten“ im vss-Verlag (geplanter Erscheinungstermin: Herbst 2010).
- 2010: In Vorbereitung: „Lady Bedfort und die Streiche des Hutmachers“ (Kriminalhörspiel) beim Verlag Hörplanet, Osnabrück (geplanter Erscheinungstermin: 2010/2011)

www.ingramcontent.com/pod-product-compliance
Lightning Source LLC
LaVergne TN
LVHW041456190726
843491LV00008B/2380

* 9 7 8 3 8 6 4 2 2 5 4 6 8 *